会社を辞めて
不死身のフェニックスと
のんびりスローライフ
LIVE
&ダンジョン配信生活!
菊池快晴
イラスト n猫R

おもち
伝説級魔物であるフェニックス。ケガを負っていたところをアトリに救われ、一緒に住み始める。
ミサキ
アトリの同僚。社長にセクハラを受け、アトリの配信アシスタントになることを決意。
田所
人間の言葉を話すファイアスライム。かまってちゃんな性格で、可愛らしい見た目だが、その正体は…？
アトリ
ブラック企業を辞めて、おもちと共に配信生活を始める。たくさんの個性的な仲間たちとのんびりスローライフを満喫。
kaisha wo yamete fujimi no

CHARACTER

セナ

世界に十人にも満たないほどしかいないS級探索者のうちの一人。おもちに関してのとある理由から、アトリたちとの接触を試みる。

ドライアド

農業を司る精霊。死にかけのところを救ってもらい、アトリの庭のダンジョンに住み着く。

LIVE
「ほら、三人で撮ろうよ」
「キュウキュウ」
美人×もふもふ×最強
これは神配信の予感
これが後に勇者パーティーになるってマ？
ほんわかしててこのチャンネル好き
これは伝説の動画www
賢い。頭を撫でたい
可愛すぎるんだがw

会社を辞めて

不死身のフェニックスとのんびりスローライフ

LIVE

&ダンジョン配信生活!

菊池快晴　イラスト　Π猫R

目次

第一章：フェニックスと出会ったのだ。……4
第二章：スローライフを目指すのだ。……63
第三章：庭にダンジョンができたのだ。……165
第四章：楽あれば苦ありなのだ。……204
第五章：家族が増えていくのだ。……283

番外編：みんなでモンスターキャンプ場！……………… 353
あとがき………………………………………………… 390

第一章：フェニックスと出会ったのだ。

「はっぴーばーすでー……俺」

俺——山城阿鳥《やましろあとり》は、公園で一人さびしく誕生日を祝っていた。

コンビニで買ったケーキを見つめながら、想像していたアラサーとは程遠い現状を嘆く。

俺には家族がいない。物心つく前に両親は離婚していて、母の手ひとつで育ててもらっていた。そんな母も病気で早くに亡くなってしまい、親戚の家に預けられた。ずっと肩身の狭い思いをしていたので、働ける年齢になってすぐに一人暮らしを始めた。

それからはがむしゃらに働いた。こんな俺でも必要としてくれる人の為に頑張りたかったからだ。けれども運も悪かったらしい。仕事が決まっても、何らかの理由で潰れてしまったりする。そうしてようやく受かった今の会社は、とんでもないブラック企業だった。

残業終わりの深夜、当然ながら周囲には誰もいない。

「……はあ」

いそいそとスプーンを取り出して、夜風を感じながら一口。

「んまっ……」

今の仕事を一言で表すならストレスだ。

第一章：フェニックスと出会ったのだ。

ありえない量の仕事に、もらえない残業代。

パワハラ上司に命を削られる毎日。

初めは楽しかった。優しい上司もいたし、頼れる同期とも力を合わせていた。

ただ前社長が事故で亡くなって、息子に代替わりした途端、経営がずさんになっていった。

一人、また一人と辞めていく中、俺はふんぎりがつかなかった。

次の仕事が見つかるのかもわからない。それにまだ残っている人たちを見ていると、すべてを押し付けてしまう気がして、辞められなかった。

上からは責められ、下は可哀想で、一体どうしたらいいのか。

母は昔、田舎で暮らしたことがあると言っていた。都会と違って落ち着いた時間が過ごせる上に、空気も水も美味しい。何より、機械に頼らない人間らしい生活ができるのが良かったと。

俺も、田舎でのんびり暮らしてみたいな……。

その時、空の一部が赤く光っていることに気づく。

何かが、炎を纏っているかのようにメラメラと揺らめいている。

それはまるで、蛇行運転を繰り返す飛行機のように。しかしゆっくりと落ちていく。

「なんだ？　何が燃えてる？」

目を凝らすとそれが鳥だとわかった。鳥が、燃えている。さらに聞こえてくるのは、悲痛な鳴き声だ。なぜか今の俺の気持ちと重なった。

気づけば追いかけていた。落ちていった先は公園の一角。そこに、赤い鳥が倒れ込んでいた。大きさは猫ぐらいか。苦しそうに声を漏らしている。

……昔、仕事の資料で見たことがある。確か、伝説の魔物——フェニックスだ。

「キュウン……」

美しい羽毛、綺麗な炎を纏っている。

常人なら近づくことすらできない熱波が肌に突き刺さっていた。

でも、俺は何の問題もない。

もちろん、それには理由がある。

「大丈夫か？　どこか痛いのか？」

数十年前、突如として世界各地に謎の建物が出現するようになった。

それはいつしか〝ダンジョン〟と呼ばれるようになり、中には、驚くべき未知の生物や、化学では証明できないほどの価値のあるアイテムが眠っていた。

それ以来、一攫千金を求めてダンジョンへ潜る人たちが増加し、『探索者』と名付けられた。

同時に人類の多くが魔法と呼ばれる不思議な能力を授かった。

俺が授かったのは『火耐性（極）』。

嬉しかった。極というのはレベルを表している。これは、その中で最上級のものだ。

効果は、ありとあらゆる炎を無効化する。

魔法を最大限に生かす為、初めは消防士を目指そうと思ったが、そんな甘い世界ではなかった。手から水を出すやつがいたり、壁をすり抜けるやつもいる。ダンジョンのおかげで耐熱服は劇的に進化していた。煙も防げない俺は、残念ながら門前払いだったのだ。

つまり俺の魔法は、役立たずまでとは言わないが、非常に使い勝手の悪いものだった。

今やダンジョンの攻略は人気職業の一つ。攻撃系や支援系ならばまだ重宝されただろう。

しかしなぜここに伝説の魔物が？　極まれにダンジョンの外にモンスターが出てくると聞いたことはあるが……。

「大丈夫か？　どこが痛いんだ――」

「キュイッ！」

羽根に触れようとすると、思い切り威嚇された。もしかすると、人間たちに追い回されたのだろうか。

同じ火の魔法を持つ者として、なんだかやるせない気持ちになった。

助けたい、その一心で声をかけ続ける。

「大丈夫だ。俺はお前を怖がらせたりなんてしない」

やがて俺の気持ちが通じたのか、フェニックスは鋭い目を和ませた。再び羽根に触れると、一部が欠けていることに気づく。

やはり、何らかの攻撃を受けたのだろう。だから飛行がおぼつかなかったのか。

それにしても苦しそうだ。

フェニックスの魔力が著しく弱っていくのを感じた。

俺には傍にいてあげることしか……。

「……ごめんな」

優しく身体を撫でていると、後ろから魔力を感じた。かなり強い、殺気の籠った魔力だ。

慌てて振り返ると、とてつもなくデカい魔物――オークが立っていた。全身が緑色、二本足で立っているが、人間とは大きく違う。まるでクマだ。いや、それよりもはるかに恐ろしい大きさをしている。

「クソ、なんでこんなところに」

本来はダンジョンでしか生息していないはず。やはり、何か異変が起きているのだ。

急いで離れようとしたが、思いとどまる。俺がここから逃げるとフェニックスが無残にも殺されてしまうかもしれない。

……たとえ助からなくても、そんな死に方だけはさせたくない。

「くそ……やってやる」

戦闘については、何度か学校で教わったことがある。

大したことはできないが、時間を稼げば助けが来るかもしれない。

その時、オークが叫んだ。とてつもない声量で、公園が震える。

それでも覚悟を決めて、胸ポケットにあった万年筆を取り出す。

「でかぶつが、かかってこい！」

「グガアアアアアアアア！！！　……ガ……ガ……」

オークが再び叫んだ瞬間、とてつもなく熱く、赤い光線が後ろから飛び出した。それがオークにぶち当たると、腹にでかい穴が開いた。

オークは地面に倒れこむと、地鳴りのような轟音を響かせた。

驚いたことに、それを放ったのは瀕死のフェニックスだった。

身体中に纏った炎をすべて使って魔法を打ち出したのか、今はただの真っ白い鳥になっている。

「俺を……助けてくれたのか？」

「キュウ……」

急いでフェニックスを抱き抱える。こんなに優しい魔物を絶対に死なせたくない。

スーツのまま、なりふり構わずに走る。大通りに出ればタクシーを捕まえられるはずだ。

全速力で病院まで向かってもらえば、なんとかなるかもしれない。

「キュウ……」

だがその時、腕の中でフェニックスの魔力が完全に消えていくのを感じた。

「死ぬな、死なないでくれ！」

だが俺の言葉も空しく、やがて生気を失ったフェニックスが完全に息絶えてしまう。

「……ごめんな」

本当にできることはなかったのか？　……くそ。

「……なんだ？」

と、思っていたら――フェニックスが徐々に火を纏いはじめる。

大きな炎が、やがて全身を覆う。そういえば、聞いたことがあった。

フェニックスは――死ぬたびに強くなる。そして不死身の生物だと――。

「キュッ？　キュッキュウ！」

フェニックスは、嬉しそうに声をあげると羽根を広げて空に舞い上がった。何ともないと言わんばかりに元気な姿を見せつけたあと、俺の肩に乗った。

そしてまるで、キスをしているかのように嘴《くちばし》で俺の頬をつんつん。

「ははっ、くすぐったいよ。まったく、心配して損したぜ」

「キュウキュウッ！」

「ありがとう、ってか？」

「キュウ！」

言葉はわからない。でも、そう言ってくれているとわかった。

鞄を取りに戻ると、オークを追いかけてきた探索者たちと出会った。彼らは通報を受けてこの公園にやってきたらしく、オークの死体を見つけて驚いている様子だった。

フェニックスが倒したと伝えると、彼らは目が飛び出そうなほど叫んだ。しかしそれは倒したことにではなく、フェニックスの存在に。

「あっちぃ!?　すげえ熱波だ!?」

「初めてみたぜ。これが伝説級の魔物、フェニックスか……」

「なあ、どうして君は触れられるんだ？」

勝手にオークを倒したことに怒られるかと思ったが、どうやら大丈夫らしい。

伝説級とは、魔物につけられた等級みたいなものだ。フェニックスは文献でしか残っていない為、そう呼ばれている。

探索者たちは、俺と違ってフェニックスに近づくことすらできないみたいだ。

汗だくだし、なんだったら触れるだけで火傷してしまいそう。

それよりフェニックスは魔物だ。俺に懐いてくれているみたいだが、このままでは危険な対象として討伐されるかもしれない。俺を助けてくれたのに、そうはさせたくない。

——そうだ。

「フェニックス、俺と契約《テイム》してもらえないか？」

「キュウ？」

契約《テイム》とは、魔物が好意を持ってくれていたり、相性が良い場合に行えるものだ。他人に危害を加えなくなり、人間と友好関係を結ぶ儀式でもある。

火の耐性を持つ俺なら、伝説級であろうと可能だろう。

「絶対に危害は加えないよ」

「キュウ！」

言葉足らずだったが、どうやら理解してもらえたらしい。

俺は、フェニックスに手を触れる。

「炎中和《ファイアーヒーリング》！」

フェニックスの炎を俺の魔力と同期させた。やがて熱が収まっていく。

見た目こそメラメラと燃えているが、俺の魔力を通しているので周りが燃えることはない。

探索者たちの汗も引いていく。

初めて使ったが、上手くできてよかった。ひとまずこれで大丈夫だろう。

まさか火耐性（極）が、こんな形で使えるとはな。

「すげえ……テイムしたのか？　なああんた、触ってもいいか？」

「どうだろう……。フェニックスいいか？」

「キュイ？　キュイキュイッ♪」

触るだけならＯＫだよ、みたいな感じかな。

三人が羽根に触れると、フェニックスはくすぐったそうに鳴いた。

「すげえ、触っちまった！　意外にモフモフなんだな……」

「俺、もう手洗わねえぜ……」

「あとでSNSに書いていいか⁉」

多くの魔物を見ているだろう探索者たちが、興奮気味に声を上げる。

そこまでめずらしいのか。何か、嬉しいな。

「キュウ？」

それから少し落ち着いて、探索者の一人がこれからのことを説明してくれた。

「オークの討伐は君の手柄になるだろう。それで、ランクはどのくらいだ？」

「あ、ええと……すいません……実は登録はしてないんです」

ランクとは、探索者に付けられる評価、順位みたいなものだ。

下はFから始まって、上は最大Sまで。ただ俺は資格を持っていない。

もしかすると、結構マズいことになるんじゃないのか？

そして彼らはなんとA級とのことだ。

「嘘だろ……それでオークを……凄いな。君が指示したのか？」

「あ、いや、俺が何かしたわけじゃなくて、フェニックスが助けてくれたんです。懐いてくれたんですかね」

「伝説の魔物が懐くなんて聞いたことがないぞ……」

どうやらかなり凄いことが起きているらしい。ありがたいことにお咎めはなかった。

ただ、一ヵ月以内に探索者の登録を済ませないといけないとのことだ。

問題は、それに多額の費用がかかるとのこと。あいにく俺には……金がない。

「理由はどうあれ討伐するにはライセンスがいる。ただ極まれだが、君みたいに順序が逆になる場合がある。この場合、特に費用はかからないよ」

「ま、まじすか⁉　じゃあ、タダってこと⁉　やったぜ、フェニックス！」

「キューン？」

朗報だった。探索者になるには本来、車の免許を取得するぐらいの金がかかる。それが無料というのはありがたい。

「ただ……」

しかし、リーダー格の一人がフェニックスを見て訝し気な顔をした。

「厳密には君の魔物ではないんだよな？」

「え、えーとそうですね……テイムはしましたが、懐かれているだけです」

「その場合、俺たちが保護、もしくは討伐しないといけない。見たところフェニックスは温和そうだし、危険性はないだろう。その為本来は保護になるんだが……わかるだろ？　君が近くにいないと俺たちは近づくことすらできない。存在自体が危険となると……」

「もしかして討伐対象ってことですか⁉」

「……そうなる可能性は高いな」

まさかだった。いや、彼の言っていることは至極当然だ。

フェニックスは俺と魔力を通わせているから周りに被害が出ていない。でももし火耐性（極）がなければ、俺も触れることすらできなかった。

だけどフェニックスは俺を助けてくれた。たとえ不死身だとしても、自分の命を顧みずに。

こんな心優しい魔物を討伐だなんて、あんまりだ。

「どうにかならないんですか？」

「こればっかりはどうすることもできない」

どうしたらいい？　いや、簡単な話かもしれない。

悩む必要なんて、ないか。

「なあ、フェニックス。俺とこれからも一緒にいないか？」

「キュイッ！　キュンキュンッ」

テイムを終えた魔物は人間に危害を加えることはない。今や家族同然だとテレビで紹介している人もいた。

魔物を飼った経験なんてないが、これも縁なのかもしれない。

フェニックスと一緒に都会を離れるのもありか？　会社も辞めたいと思っていたし、これもいいきっかけかもな。

フェニックスは俺の言葉がわかっているのか、嘴でまたキスをしてきた。痛い。

「ということでもいいでしょうか？　すいません、後から付け加えたみたいに」

「いや、ありがたいよ。探索者はみんな殺気立ってると思われているが、俺も温和な魔物は好きだからね。君は世界で初めて伝説のフェニックスをテイムした男だな」

なんか凄いことを言われている気がする。後ろにいる二人の探索者たちも、握手を頼んできた。Ａ級ってよく考えると、日本でも数パーセントしかいない凄い人たちだよな？　そんな彼らが俺に羨望の眼差しを？

「けどフェニックス、うちは貧乏だからな。贅沢はできないぞ」

「キューーン！　キュイキュイッ！」

しかし何を食べるんだろう。やっぱり鳥と同じなのかな？　それを尋ねてみると、予想だにしていない言葉が返ってきた。

「基本的に何でも食べるよ。アレルギーも聞いたことはないな」

「そうなんですか」

色々と心配しないでいいのはよかった。ただ、俺にはお金がない。

小さいし、もやし一袋で足りるか？　いや、二袋までならなんとか。

「ちなみに魔物はよく食べるぞ。強ければ強いほど特にな」

「命を助けてくれてありがとうフェニックス。養子の条件は火の耐性を持つ人にしておくから」

「キュウ……」

悲しんでいるみたいだ。俺の言葉がわかるのだろうか。

さすがにそんな無責任なことはしない。ただ、どうすれば――。

「だったら、動画配信をしてみたらどうだ？」

「動画配信、ですか？」

「前にめずらしい魔物を配信している人を見たことがある。今の時代なら広告で金も稼げるだろう」

ネットに疎い俺でも何度か見たことがある。だが、フェニックスをお金儲けの道具として考えるのは申し訳ない。できるだけ対等な立場で過ごしていきたいと思っている。

「教えていただきありがとうございます。でもそれはやめておき――」

「俺が知っている魔物は、焼肉五人前をペロリとたいらげてたな。フェニックスは小さいが、それでも炎で魔力を消費しているだろうから、食欲も凄いだろう」

「よし、フェニックス！　俺と配信頑張るぞ！」

「キュウ？　キュッキュッ！　キューン！」

首をかしげるフェニックスだったが、了解っ！　と羽根をバサバサと広げた。

そうだな、一緒に頑張るんだ。それなら俺たちは対等だ。

「じゃあ俺たちはギルドに報告に行くよ。ありがとう、伝説の魔物をテイムした男よ」

「本当にありがとうございました」

そうして俺は伝説の魔物、フェニックスをテイムした男になったのだった。

「ん、フェニックス、さっきより魔力が上がってないか？」

どうだろう。いや、気のせいか。最後に確認するのを忘れていた。

「そういえば、どうしてフェニックスは怪我を？　オークが外にいたのと関係があるんですか？」

「それがわからないんだ。近くにダンジョンはないからな。ただ一つだけ……あまり大きな声では言えないんだが、どうやら魔物を違法に売買している組織がいるとの噂があるんだ」

「組織……ですか？」

「漠然とした噂にしかすぎないが、偶然とも言い難い。君も気をつけてくれ」

「わかりました。ご丁寧にありがとうございます」

組織か……もしそいつらにフェニックスが狙われていたとしたら、おそろしい話だな。

「キュウキュウ」

不安もあるが、ひとまず家に帰るとするか。

「お前がいると夜道が明るくて助かるよ」

「キュイ？」

俺の家の近くは街灯がなく、周りにはなにもない。そこにポツンと、昔ながらの古ぼけた一軒家の二階建てがある。ここが我が家だ。

この近くに、俺が働いていた飲食店があった。そこの店主のおじいさんと仲良くしていたのだが、身体が悪くなって寝たきりになってしまった。

当然店は閉めるしかなかったが、お世話になっていた俺は、何度も介護に訪れていた。そして亡くなる直前、俺に家を譲ってくれたというわけである。

ただ本人も笑いながら言っていたが、昔の家なので随分とボロボロだ。修繕が必要と業者にも言われているが、それには大金が必要。

おじいさんは売って何かの足しにしてくれと言っていたが、今のところはまだ悩んでいた。

「ただいま。まあゆっくりしてくれよ」

扉を開いて中に入る。

家の中で飛ぶと危ないとわかっているのか、小さな脚でとたとたと歩く。

こうしてみるとかなり可愛い。赤いアヒルっぽさがある。

ただいまなんて言ったのは久しぶりだ。なんだか、嬉しくなった。

「キュイキュイッ♪」

「はは、俺の家気に入ってくれたのか」

嬉しそうに表情を和ませるフェニックス。言葉は通じないが、心は通じ合えている気がする。

そういえばなんて呼ぼう。

フェニックスというのも格好いいが、名前ではない。人間、猫、犬みたいな分類だろう。

「キューン？」

炎を纏っているからメラメラ？　うーん、でも可愛いんだよなこいつ。

羽根も触ってみると、うん、もちもちだ。――そうだ。

「よし、今日からお前は『おもち』だ！　ふわふわしていて、柔らかいしな……って、いいか？」

「キュン！　キュンキュンッ！」

嘴キス連打。結構痛いんだよなこれ。でも、どうやら喜んでくれたらしい。

よし、なら――。

「おもち！」

「キュン！」

「君はおもちだ！」

「キュンキュンッ！」

どうやら伝説はノリも伝説級のようだ。

ちなみにおもちは俺の大好物だ。お正月を過ぎた後のセール品を大量買いしてチマチマ食べる。多分誰も知りたくない情報だ。

「明るいところでみると羽根が結構汚れてるな。もしかして生まれ変わったからか？」

先にご飯にしようと思っていたが、綺麗にしてからにするか。

さすがに手を洗ってもらうわけにもいかないしな。

風呂のタイマーをセットして、その間におもちと遊ぶ。

羽根が柔らかい。モフモフで気持ちいい。

しかし、死んでも生まれ変わるってどういう構造しているんだ？

見たところ、記憶も受け継いでいるっぽいしな。

「おもちは柔らかいな」

「キュウ？」

「おもち枕だ！」

「キューン？」

もみもみ、ふわふわ、モフモフしていると風呂が沸いた。おもちといると時間が立つのが早い。

「風呂に入るぞ、おもち！」

「キュン！」

絶対わかってないな。でも、可愛い。

「最悪だ……」

「キューン……」

どうやらガスが壊れていたらしい。いや、ガス代が未納だったか？

死ぬほど働いているのに、なんで俺はこんなに貧乏なんだ。

何度かこういうことがあるので慣れてはいるが、さてどうしようか。

「風呂は今度でもいいか？」

「キューン……」

「……そうだ。おもち、ちょっといいか？」

その時、ナイスアイディアが思い浮かんだ。少し申し訳ない気持ちもあるが、これはおもちの為でもある。

一時的に炎中和魔法を解除する。

次の瞬間、メラメラと炎が燃え盛る。

「よし、おもちいまだ！　風呂に入ってくれ！」

「キュキュキュキューン！」

おもちは思い切り湯船にダイブした。

すると俺の予想通り、風呂が一瞬で熱くなる。

間髪入れず、炎中和魔法を発動っ！

「キュキュ～♪」

「おっ、いい温度か？」

手を入れてみると、かなりいい温度だった。火耐性がある俺は何度かわかる。

これは四十三度だ。少し熱くて、なおかつ心地が良い。

服を脱いで湯船に入り、二人でタオルを頭に乗せる。

「最高だな、おもち」

「キュン！」

おもちも大満足。ガスの契約も切っちまうか、なんて。

「おもち、身体を洗ってやるぞ」

湯船から上がると、おもちの羽根を洗おうとした。だがその直後、身体が固まってしまう。

「……シャンプーか？　いや……ボディーソープなのか？」

わからない、どっちだ？　羽根って髪か？　それとも腕か？　触るとふわふわだし、髪っぽさもある。

とはいえ、常識で考えると腕だ。

「どうしたらいい……俺は」

「キュンキュンッ」

するとおもちが、嘴でボディーソープをツンツンとした。

「やるな……おもち！」

しかし頭の部分だけはしっかりとシャンプーだったらしく、ボディーソープで洗ったら怒られた。

ごめん、おもち。あと、ちゃんとリンスもした。綺麗になれよ、おもち。

最後にバスタオルを二枚使って、丁寧に羽根の水分をふき取る。

今さらだが、炎でも水は大丈夫みたいだ。

もしかしたらお風呂に入って消えて死んでいた可能性もあるのか。

でもまあ、おもちは復活するから大丈夫だな！　うん、ごめん……。

綺麗にさっぱりしたところで、俺は冷蔵庫からうどんを取り出す。

貧乏なので、これが主食だ。もやしはストックが切れていた。

探索者の人は、魔物にアレルギーはないと言っていたが、うどんも大丈夫なのかな。

「なあおもち、うどん食べれるか？」

「キュウ？」

さすがにわからないか。とりあえずいつものように作ってみる。

できるだけ小さな皿に取り分けると、おもちは嘴でツンツンっと不安そうにつついた。

しかしすぐに、「ズルルルルッ！」っと勢いよく啜る。それがなんとも気持ちが良い。

「おっ、いける口だな！」

「キュンキュンッ！」

だがおもちはまったく足りなかったらしく、最終的に家中のうどんを食べた。

安上がりのようで、これが続くと結構な食費だ。

確かに……早急に色々と考えないといけない。

食べ終わると、また俺の頬をつついた。いい加減穴が開きそうで不安だが、加減はしてくれているらしい。

「さて、寝るぞ」

家には布団が一枚しかない。いつも寒くて風邪を引きそうだったが、今日はおもちがいるので暖かい。

もしかしてこれって、天然の羽毛布団じゃないか？

「おもちぃー！　ぎゅっ！」

「キュッ？」

俺とおもちは、どうやら上手くやっていけそうだ。

それに何年振りだろうか。誰かが傍にいてくれるのは。

これが、家族ってやつなのかな。

◇

先日の助言通り、俺はおもちと探索者の登録に来ていた。

といっても、本当に役所の手続きみたいな感じで、それでは試験を始めます、みたいな血沸き肉躍る展開は一切ない。

ホッとしたような、残念なような。

「ありがとうございます。これで登録が完了しました。身分証は右手に印を刻む方法、電子カード、もしくは紙でお送りすることが可能ですが、どうされますか？」

受付のお姉さんが、丁寧に説明してくれた。要は免許証みたいなもので、右手に刻んでおけば持ち運ぶ必要はないとのこと。

「それってタトゥーみたいに残るんですか？」

「いえ、いつでも取り消すことが可能です。ダンジョンへ行く際の読み取り時に印が浮かび上がるだけなので、普段は誰かに見られることもありません」

「でしたら、そちらでお願いできますか？　あと、テイムした魔物の登録もできますか？」

「はい、お名前は何でしょうか？」

「あ、おもちと言います！」

「ええと、どういった魔物でしょうか？」

おもちで通じるわけがないか。緊張していてフェニックスだと伝えるのを忘れていた。

俺は、地面に置いていたキャリーケースを持ち上げる。

そこには、スヤスヤと眠っているおもちがいた。もとい、フェニックス。

「赤い鳥の魔物、でしょうか？　タイプは炎、種族はなんですか？」

「ええと、それが……まあ多分間違いないんですが、フェニックスなんです」

「フェニ……って、あの伝説の⁉　えええええええええええ⁉」

微動だにしなかった冷静なお姉さんが、椅子から立ち上がって叫ぶ。

周囲の人たち、果てはほかの役員の人も何があったのかと近づいてくると、おもちに驚いていた。さすが役員、すぐにわかるらしい。

「あ、あの解析させてもらってもいいですか？　手をかざして、個体を調べるだけなので」

「もちろんです。構いませんよ」

すると後ろから若い男性が現れた。おもちに両手をかざし「ステータス、鑑定！」と叫んだ。

なるほど、そういう魔法か。俺と違って随分と使い勝手が良さそうだ。

そしてやはり、おもちはフェニックスで間違いがなかったらしい。ただ、本社に問い合わせたところ不明点が多く、登録完了までに相当な時間がかかった。

ゆっくりと眠っていたおもちも目が覚めてしまい、退屈そうにしている。

「キュウ……」

「ごめんな、もう少し待ってくれるか？」

終わるころには夕方になってしまっていた。お腹も空いているだろう。

「すみません、時間がかかってしまって。こちらで登録が完了しました。居場所がわかるようにレーダー特定の魔法をかけさせていただくことになっているのですが、おもちちゃんは大丈夫でしょうか？」

「おもち、いいか？」

「キュウ！」

「大丈夫みたいです」

「凄い、意思疎通ができてるんですね……」

「いや、なんとなくわかる程度ですよ」

これですべてが終了。晴れておもちは俺の管理のもと、家族の一員となったのだった。

一応、世間的にはテイムだが。

ただ、最後の言葉が少し不安だった。「おもちちゃんは今までに前例がないほどの魔力を秘めています。今後、法改正もあるとの噂がありまして、魔力が高ければ高いほど飼育の環境が厳しくなる可能性があります。まだ設備が整っていないので、そのあたりはわかりかねますが」と、釘を刺された。

わかりやすくいうと、ライオンを飼うには鎖だったり、相応の檻が必要だ。それと同じで、脅威とみなされた場合、今の一軒家では飼えなくなるかもしれませんよ、ということだろう。

まあそれはそうか。それまでになんとか——。

「田舎でのんびりしようか、おもち」

「キュウッ！」

役所から出て、おもちをキャリーから出すと、その瞬間おもちは翼を広げて高く舞い上がった。

とても気持ちが良さそうだ。

少し浮遊してから戻ってくると、満足そうにしていた。

「よし、帰るか。あ、そうだな……このあと、初めての配信をしてみないか？　さっきスマホでもできるって、お姉さんから聞いたんだ」

コクコクと頷くおもち。ありがとうとお礼を言って、帰りにうどんを大量に購入した。

いくら安いとはいえ、このままでは数ヵ月持たない。おもち、頼むぜ！

「といったものの、何をすればいいんだ？」

「キュウ？」

仲良く並んで首を傾げる。配信なんてしたことがない。

うーん、単純に考えればおもちの良さを引き出せばいいはずだ。

おもちは……なんというか可愛い。

モフモフだし、美しい毛並みをしている。それでいて炎を纏っているので、格好よさもある。

導き出される答えは――。

「よし撮るぞ！　おもち！」

「キュウッ！　キュウキュウ！」


「できたぞー、ほらザルうどんだ」

格好よさと可愛さを出すには、うどんを食べる姿を見せるのが一番だ。これ合っているか？

多分、合っているだろう。

昔からセンスがないと言われるが、さすがにこれはリスナーも満足だろう。あれ、リスナーだっけ？


とりあえず生配信ってのを押してみる。

アカウントは先日作っておいた。

名前は『おもちフェニックスと会社員の日常』。

ばっちりだ。さすがにセンスがよすぎるだろ俺……。

さて、開始っと……おお？　一人、二人、三人、結構増えていくな。

「初めまして、山城阿鳥です。今は会社員をやっていて、趣味はゲームで――」

〝なんだ釣りか、そういうのやめといたほうがいいよ〟退出しました。

〝フェニックスって書いていたから期待したけど、会社員の日常かよ〟退出しました。

〝嘘はだめ〟退出しました。

って、おい⁉　しっかりした挨拶がダメなのか⁉

「もう辞めたい……」

って、ダメダメだ。逃げちゃダメだ。やります。阿鳥、やります！

俺の自己紹介から始めるのは悪手だ。

まずは主役であるおもちを紹介せねば。幸い、まだ一人残ってくれている。彼、もしくは彼女の為にも楽しませるんだ！

「と、すみません。俺の紹介はこのぐらいにして、さっそく主役の登場に参ります。伝説のフェニックスこと、おもちの登場でーす！」

「キュウー！」

おもちは元気よく翼を広げて現れた。赤くて綺麗な炎を纏っている。ただ、少し眩しいので光量の調節をした。俺のナイスサポートだ。

〝え？　釣りじゃなくて、本物のフェニックス？〟

残ってくれていた一人が驚いている。ふふふ、そうだろうそうだろう？　俺のおもちは凄いだろう？

それから羽根はボディーソープ、頭はシャンプーなんですと紹介していたら、徐々に人が増えてきた。

〝ガチ？　合成じゃなくて？〟

〝おもち、かっこかわいすぎるんだがｗ〟

〝人間の言葉がわかってるような動きで萌え〟

おお、いいぞいいぞ。順調にコメントが増えている。お腹が空いたらしいので、おもちにうどんを食べてもらった。

つるつると啜るその姿は格好よく、そして可愛らしい。

〝フェニックスってうどんが主食なの？〟

〝器用で可愛いｗ　美味しそう〟

〝ＡＳＭＲ配信よろ〟

〝チャンネル登録しますたｗ　毎日配信よろ〟

〝主は火耐性があるのかな？〟

質問が増えていく。概ね好評だ。ＡＳＭＲってなんだ？　会いたいさびしいまだまだランボー？　まあいいか。

おもちはうどんを食べ終えると、俺の頬にツンツンとキスをした。いつものご馳走様だ。

〝ご馳走様のキス可愛すぎるだろｗ〟

〝フェニックスって伝説なだけあって賢そうだな。というか、主がテイムしたのか？〟

〝確かに、凄すぎる〟

〝おもちとはどこで出会ったの？〟

なんとなく要領がわかってきたので、丁寧にコメントを返していく。俺とおもちの動作がシンクロしているらしく、それも喜んでもらえた。

〝シンクロナイズドスイミング〟

〝もう二人でオリンピック出ろ〟

〝息ピッタリだなｗ〟

そうして好評のまま、配信を終えようとした。最後にまた頬をツンツンとしてきたので、おもちの頭を撫でる。

「では、ありがとうございました。あ、チャンネル登録をお願いします！」

「キューイキュイ、キュイキューーウ！」

〝仲良すぎだろｗ〟

〝おもちが主で、人間がテイムされている説ある〟

〝うどんじゃなくてステーキとかも食べさせてあげてくれ〟

〝楽しかったです！　アーカイブ残しておいてくださいね〟

〝もしかして俺たちは、伝説の一夜を目撃したんじゃないのか〟

最後までコメントで溢れていたので、大成功だろう。

初めは不安だった。誰にも見てもらえないんじゃないかと。でも、おもちのおかげで緊張もなかったし、何よりも視聴者のみんなと一緒にいるみたいで楽しかった。

終了ボタンを押して、おもちにありがとうと伝えると、嬉しそうに声を上げた。

「ありがとな、おもち」

「キュウ！」

本当におもちと出会えてよかった。

◇

翌日、目を覚ますととんでもないことが起きていた。

「おもち……再生回数、とんでもないことになってるぞ」

「キュウ？」

昨晩のおもちとの生配信を動画用にアップロードしていたのだが、コメントや再生回数が凄まじかった。

それにこの急上昇ランキング一位ってなんだ？

よくわからないが、初日でこれは上々じゃないか？

収益化ってのもしないといけないらしいが、ひとまず大成功だろう。

ただコメントを見ると〝おもち可愛いな〟〝おもちいい〟〝おもち好き〟と、おもちのことだけが書かれている。あれ、俺も映っていたよな？

「ツンツン」

「ありがとう、おもちは俺の気持ちをいつもわかってくれるね」

優しいおもち、大好きっ！

時計を見ると既に七時を回っていた。急いで仕事に行かなければならない。

「おもち、ご飯は置いとくから好きに過ごしてくれ。ただ、外には出ないでくれよ」

コクコクと頷くおもち。離れていても炎中和は数日なら問題ない。お留守番もおもちなら大丈夫だろう。

「それじゃあおもち、パパ行ってくるぞ」

「キュウン……」

悲し気な声を出すおもち。これが子を持つ親の気持ちか……。

パパ、頑張るからね！

「ぐがあああああああああ、疲れた」

午後、休憩室の机に突っ伏すと自然と声が漏れ出る。

なんだこの仕事の量は……ありえなくないか。

「あー！　いー！　うー！　えー！　おー！」

俺の横で体操しながら同じように叫んでいるのは、同期の一堂御崎《いちどうみさき》。

発声練習ではなく、ストレス解消だと本人はよく言っている。

黒髪ロング、女性にしては身長も高く、スタイル抜群で可愛い。

モデルもできそうなのに、なぜかこの仕事を続けている。ただ、性格はちょっと変わっているが。

体操が終わると、すぐに机に突っ伏した。余計に疲れてないか？

「なあ、御崎」

「うう－、なあに－……。会話すると体力奪われるんだけど－」

俺と同じで随分とお疲れの様子。というか、この会社にいる人で元気なやつはいない。

「わかった」

「なに？　そんなにすぐ納得されると気になるでしょ」

「わがままだな」

「お－し－え－て－」

「元気いっぱいじゃねえか。御崎はいつまでこの仕事続けるんだ？　俺と違っていくらでも働き口あるだろ？」

御崎はさらに高学歴だ。それなのになぜここにいるのか（二回目）。

「いつまでねえ。じゃあ、阿鳥は？」

「質問を質問で返すなよ」

「答えてよ」

なぜか真剣な表情で俺を見つめる。こういうところ、昔からよくわかんないんだよな。

「後輩にまだ仕事も教えないといけないし、今ある仕事を放りだすのもな。もう少し後かな。

まあでも、本当にもう少し」

「……ほんと、責任感強いんだから」

「ん？　今なにか言ったか？」

「阿鳥っていつも自分のこと優先しないよね。口を開けば誰かの為にーって」

「うーん、そうか？」

「そういうところ、私は嫌いじゃないけどね。それじゃあ仕事に戻る」

「お、おう？　ありがとな。って、おい、俺の質問は？」

御崎は俺を無視していく。まったく、あいつも責任感強い癖に。

『……阿鳥がいるからいるに決まってるでしょ』

去り際、なんか言っていた気がするが、ボソリとしていて聞こえなかった。

仕事に戻って書類を片付けていると、昼過ぎにうちの社長が現れた。

社長だけは出勤時間があってないようなもので、いつも気分でふらっと現れる。

「よお、サボってたら給料減らすぞー」

開口一番でこの挨拶だ。

そのくせ誰よりも早く帰るので人望はない。ないない尽くしの社長だが、金はある。

まあ全部、先代社長のおかげだが。

「おはようございます、社長」

「おーう、阿鳥、相変わらずボケっとしてんなー。ん、それに比べて御崎ちゃんは可愛いねえ。っと、そういえば得意先の接待、場所決めてくれたの？」

「随分と前にメールを送らせていただきましたが」

「そんなの見てないし気づかないよ。何通メール来ると思ってる？　電話、してよ、で・ん・わ」

社長はまず男社員に対して軽い暴言を吐き、次に御崎に対してちょっかいをかけにいくのがルーティンだ。

いつもセクハラまがいの言葉をかけているので気になっているが、御崎も弱い女ではないので適当にあしらっている。

だが今日ばかりはなんだか様子が変だ。

この匂い……社長《こいつ》マジか？

「御崎ちゃーん、ねえ、聞いてるぅ？」

「社長、もしかして……お酒飲んできたんですか？」

御崎の言う通りだろう。ありえねえ……。ぷんぷんとオフィスに酒の匂いが漂っている。

さすがの後輩たちも顔を歪めていた。

「違う、違うよぉ。昨日は接待でねえ、それが残ってるんだよ。だったら、とりあえず水、水持ってきて、ほーらっ」

「肩を触らないでもらえますか。それ、セクハラですよ」

「セクハラっていうは、こういう――」

「社長、やりすぎです」

あろうことか社長は、御崎の胸に手をかけそうになった。

それに気づいた俺は、社長の手を掴んだ。

「おい阿鳥、何だこの手？」

「水は俺が入れるんで、社長室で待っていてください」

「あ？　てめえ、なんだその生意気な口はよ？」

いつもならここまで強くは言わない。でも今日は一歩も引かなかった。

俺の真剣度が伝わったのか、社長は舌打ちをする。

「ちっ、急いで持ってこいよ。阿呆鳥《あほう》」

俺の肩を強めに叩いて去っていく。殴られでもしたらさすがに辞めてやるところだったが……そのあたりのラインは絶妙に理解してやがる。

「大丈夫か御崎――」

「……なんで助けてくれたの？」

「別に俺が我慢できなかっただけだ」

「私一人でも対処できたよ。もしこれで、阿鳥の立場が悪くなったら……」

「気にするな。どうせもう嫌われてるさ」

「……ありがとね」

めずらしく御崎にお礼を言われた。しかし、本当、なんでこの仕事を続けているのかはわからない（三回目）。

「失礼します」

約束通り水を持って社長室に入る。すぐに出ていこうとしたら、なぜか引き留められた。

「阿鳥、お前ダンジョンに行ったことあるか？」

「……はい？　ないですけど」

「ったく、お前はとことん使えないやつだなあ。せっかく取り引き先がダンジョン事業で買い取り業始めたのに、どいつもこいつもボンクラじゃねえか」

「それって、広告業をしているうちと関係ありますか？」

「バカだなお前は。取り引き先からノウハウをパクればそのまま別で使えるだろ。いい加減その脳みそ変えてこい」

まったく、自分もダンジョンに行ったことない癖に……。

「そういえば御崎のやつ、魔法かなんか持ってるっていってたよなあ。あとで履歴書見直してみるか。なんだ？　いつまでいるんだ？　とっとと消えろ」

「わかりました」

……あいつ、御崎に行かせるつもりか？　……それは、見過ごせないな。

オフィスに戻ってみたが、彼女はもういなかった。おそらく仕事先に営業に出かけたんだろう。

電話でメッセージを残しておいたが、連絡はない。

「あいつ、魔法なんて持ってたのか」

ますます訳がわからない。普通魔法持ちは優遇されるので、色んなところから引く手あまたのはずだ。ただ俺の火耐性（極）は別。

本当になんでこの仕事を続けているのかはわからない（四回目）。

仕事を終えて自宅に戻る前、コンビニでうどんを大量に購入した。

おもちのことを考えると、思わず頬が緩む。

「めちゃくちゃ喜ぶだろうなあ」

しかし、ドアの鍵を開けようとしたら、中から音が聞こえた。

なんだか、悲鳴のような声だ。

ドアノブをひねると、鍵が開いていた。

「おもち⁉」

めずらしい魔物は、たとえテイムされていたとしても高値で取り引きされていると聞く。

もしかして、おもちが⁉　不安で心臓が鼓動する。おもち、おもち、おもち――。

「あっはは、ほらほら♪　ほいっ♪　わーぱちぱち♪」

「キュウ♪」

だがそこにいたのは、スーツ姿で、チーズをおもちにあげている陽気な御崎だった。

「御崎、何してんだ……」

「えへへ、お邪魔してまーす！」

「キュウー！」

いつのまにおもちと仲良くなった？　というか――。

「どうやって家に入った？　鍵、閉まってただろ」

「家の前で阿鳥を待ってたら、この子が開けてくれたんだよね。中でお待ちくださーいって！

まあ、キュウキュウって言ってただけだけど」

「本当か……？」

「キュウ！」

どうやら本当らしい。おもちの知能ならやりかねないな。テイムした魔物は善人を見分けるというが。

「御崎、酒飲みすぎだろ」

「飲まなきゃやってらんねえってよお！　もう！」

テーブルには、いくつもの酒瓶が転がっていた。普段は飲まないはずだが、何かあったな。

「とりあえず、片付けるぞ。あと、おもちに酒は飲ませてないだろうな？」

「そんなのしないよおー、あなた、おもちゃんって言うんだ。可愛いねー♪」

「キュウキュウ♪」

チーズを美味しそうに頬張るおもち。何か、何だこの気持ち、もしかして、嫉妬《ジェラシー》!?

なんだか知らないが、恋人を取られた気分だ。

俺のおもちだ！　ならば！

「おもち、うどんあるぞ！」

「キュウ！」

「しかもたっぷりだ！　かけうどんも、ざるうどんも、なんだったら野菜うどんも作れる！」

「キュウキュウ!」

ふふふ、勝ったな。……いや、ご飯で釣っているだけか。

正直言うと、御崎がおもちと仲良くなっている姿は嬉しかった。

家族が増えたような、そんな気がしたからだ。

「おもちゃーん、チーズだよお」

「キュウキュウ♪」

とはいえ、ちょっと仲良すぎて、やっぱり嫉妬《ジェラシー》。


「で、聞かせてもらおうか。何があった?」

おもちにうどんを大量にあげたあと、御崎を問い詰める。

ようやくアルコールが抜けてきているみたいだ。

「頭痛い……前に言ってなかったっけ? 私の魔法。体調で増減はあるけど、半径数メートルなら、自由に物を動かしたりできるの」

「そんな凄い魔法だったのか……羨ましい」

「え?」

「いや、続けてもらって」

火耐性(極)の俺なんかより随分と使い勝手も良さそうだな。てか、強すぎないか?

「……社長から電話があったのよ。お前の魔法で、ダンジョンの護衛を務めろーって、じゃないとクビだって」

「なんだと？　あのバカ社長まじか……」

ダンジョンは一攫千金の夢がある一方で相応の危険を伴う。

今でこそ攻略情報や戦闘訓練のおかげで強い人も多いが、初めは死人が絶えなかった。

そんな危険な場所に、御崎を行かせるだと？

「で、なんて答えたんだ？　まさかお前、行くつもりか？」

「だってクビになるかもしれないし、仕方ないでしょ。死ぬ前に阿鳥の顔、見ておこうと思ってね」

それで家に来てくれたのか。でも、なんで俺なんだ？　いや、それより——。

「俺はともかく、御崎はクビなんか痛くも痒くもないだろ。天秤にかける必要すらない。もう会社を辞めたほうがいい」

「ふーん、じゃあ阿鳥は私が会社からいなくなっていいの？」

「いやその……会社の戦力としては困るが……」

「ばかばかばかばかばか！」

「な、なんだよ!?」

なんで怒られるんだ……。

「そんなこと聞いてない！　戦力とか乙女に言わないで！」

「はあ？　なんだよまったく……」

「おもちゃん、男は鈍感だからねえ。駄目よ、あんな人になったらあ」

「キュウ？」

おもちに変なことを吹き込むなよと思ったが、御崎が危険な目に合うのは嫌だ。

さすがに潮時かもしれないな。

「御崎、お前、動画ソフトとか編集とか得意だったよな？　会社でも担当してただろ？」

「はい？　何の話？」

「いいから、答えてくれ」

「もちろんそれなりにできるけど」

「よし。御崎、俺とおもちと一緒に配信者にならないか？」

「……はい？」


「は、初めまして、ミサキです。そして、おもちゃんの登場でーーす！」

少しぎこちない笑顔の御崎。

俺はカメラを片手に彼女を撮影していた。

その横からテクテクと歩いてくるのは、我らがヒーローおもちだ。

生配信だが、前回バズったこともあって、コメントもすぐに増えていく。

〝あれ、主がTSした？〟

〝美人すぎるんだが〟

〝おもちが擬人化したのかと思ったが違うのか〟

まだ困惑気味みたいだが、次第に肯定的なコメントが増えていく。

とにかく、御崎が可愛いらしい。

〝美人×もふもふ×最強〟

〝これは神配信の予感〟

〝可愛い×可愛い＝可愛い可愛い〟

「ではこれから、私とおもちゃんで技を披露します！」

「キュウーー！」

次の瞬間、御崎は魔法〝動かしてあげる〟を発動した。

俺も見るのは初めてだったが、正直、めちゃくちゃ驚いた。

おもちの為に買った輪投げのおもちゃが空中に浮かびはじめる。御崎は手も触れていない、ただ見つめているだけだ。それに合わせて、コメントがさらに加速する。

〝すげえ、なにこれ魔法？〟

〝美女×おもち×魔法＝最強〟

〝もしかしておもち、お前くぐるのか？〞
二人が何をするのか気づいている人もいるらしい。
といっても、家の中は狭いので、おもちには小さく羽ばたいてくれとお願いしている。
しかしテンションの上がったおもちは、思い切り羽ばたきはじめる。
「キュウー！」
「いくよ、おもちゃん！」
御崎も呼応し、家の中で羽根と物がまき散らされる。しかし壊れそうなものは御崎が魔法で持ち上げてくれているので、それも空中に浮いていた。天才か？
次の瞬間、おもちは輪の中に勢いよく入っていく。一つ、二つ、三つ！
〝おもち天才すぎるw〞
〝うちのペットにおもちをください。そして嫁にミサキをください〞
〝おもちちゃんの羽根のプレゼント企画まだ？〞
〝可愛すぎるんだがw〞
〝賢い。頭を撫でたい〞
次第におもちは、俺も見たことがない動きをしはじめた。
くるくると回転したり、お手をしたり、なんだったらジェントルマンみたいに羽根をさっと広げたりする。

「おもちゃん、可愛いねえ！」

〝紳士的なおもちに乾杯〟

〝これからはミサキとおもちの日常チャンネルになるのか〟

〝主はどこなんだろう。俺は好きだぞ〟

御崎がコメントに反応してくれて、俺の持っていたスマホを念動力《サイコキネシス》で持ち上げる。

「ほら、三人で撮ろうよ」

「キュウキュウ！」

二人に呼ばれたので、俺も前に出ることに。

〝これが後に勇者パーティーになるってマ？〟

〝主の彼女？　嫁？〟

〝ほんわかしててこのチャンネル好き〟

「えー、彼女はこれから俺の動画撮影のアシスタントをしてくれることになりました。よろしくお願いします」

「えええとミサキです！　よろしくお願いしまーす！」

最後にテンションの上がった御崎は、おもちにとんでもないことを言い出した。

「じゃあ、おもちゃん、この空き缶に向かって炎のブレスだ！」

「キュウーーー！」

了解っ、というテンションで、おもちが口を開ける。いや、なに？　え、炎のブレスってなに？　そんなのあったっけ？

瞬間、俺の記憶にあのオークの出来事が蘇る。

腹にでかい穴が開き、一撃でオークが絶命した――。

まずい――っ！

「キュウウウウウウウウ」

凄まじい炎の魔力。赤い光線が、空き缶を狙って発射される。そのブレスは高魔力の炎に包まれていた。

御崎は知らなかったのだろう。おもちが、どれほど強いのか。

俺は火耐性魔法を極限まで向上させると、家と彼女を守る為にブレスを身体で受け止める。

弾き飛ばされつつも、火耐性（極）のおかげでことなきを得る。

「ぐ……おもち、家の中でブレスは今後禁止だ……」

「阿鳥、大丈夫⁉」

「キュ、キュウ……」

〝主が死んだ⁉〞

〝生きてるか⁉　いや、大丈夫そうだなw〞

〝火耐性があってもこの威力、おもち最強説〞

〝過去一わろた。収益化はよ〟

〝これは伝説の動画ｗｗｗ〟

〝おもち、いいぞ戻れ！〟

だがコメントは大盛り上がりのようだ。俺の体調を気遣ってくれるやつもいるが、これは配信者冥利に尽きる……な……。

「そ、それじゃあ次回もよろしくお願いします！　ばいばーい！」

「キュイキュイー！」

御崎とおもちは、二人で手を振る。

俺は倒れながら手を挙げた。

〝さよなら主ｗｗ　来世でも配信頼んだぜ〟

〝異世界転生～おもちの攻撃を受けた俺は、来世でまったり生きます〟

〝最高だったｗ　おもち可愛すぎ、ミサキ綺麗すぎ、主カワイソスギ〟

〝次もまた楽しみにしています。ありがとうございました！〟

〝いい最終回でした〟

「阿鳥、大丈夫⁉　ごめんね⁉」

「大丈夫だ……最高のアシスタントをありがとう……」

「キュウー！」

◇

翌日、スーツに着替えて鏡の前に立っていた。

ピシッとしている姿もこれで見納めかもしれないな。

「キュウッ！」

すると後ろからおもちが、ぽんぽんと羽根を当ててくる。

まるで『お疲れ様でした』と言われている気分だ。

しゃがみ込んで、おもちの頭を撫でる。

「ありがとな。留守番頼んだぜ。御崎以外は入れちゃダメだからな。それじゃあ、行ってきます」


会社に到着すると、とある異変が起きていた。

オフィスの奥、社長室からご機嫌な声が聞こえてきたのだ。

そんなことはありえない。いつも怒鳴り散らすか、愚痴をこぼしているからだ。

ガラス張りなのでわかるが、御崎が机の前に立っていた。

「がはは！　うちの御崎を好きに使ってくださいよ！　何でもしますから！」

社長が、御崎の肩をぬちゃぬちゃと触っている。表情が物語っているが、めちゃくちゃ怒っているな。御崎を使う？　もしかしてこの前の話か？

後輩に訊ねてみると、得意先から取り引きの電話がきたそうだ。

なんと、御崎の可愛さを利用して、能力を使った水着イベント、果ては危険なダンジョンでの戦闘動画も撮影したいと連絡がきたらしい。

聞けば悪名高い会社だった。そんなのなにされるのかわからない。

「御崎は何て言ってたんだ？　さすがにそんなのやらないだろ」

「聞き耳を立てていましたが、どうやら受けるみたいです。その……じゃないと阿鳥先輩をクビにすると社長が脅してました」

「……なんだって？　それで御崎は了承したのか？」

「はい――」

俺は後輩の言葉を最後まで聞かずに社長室へ向かう。扉を開けた瞬間、電話を切った社長が満面の笑みを浮かべた。

「よし、これから頼んだぞミサキ！　これでわが社は安泰だ！」

「……はい」

「ん？　なんだ阿鳥。お前、ノックもなしに入ってきやがって」

もう限界だ。この会社に未練はない。これでお前と会うのは最後だ。

俺は胸ポケットに入っている辞表を机の上に叩きつけた。

「会社を辞めさせてもらいます」

「……は？　なんだと？」

昨日、俺は御崎のことを誘った。これから二人、いや、おもちと三人で配信者としてやっていこうと。

その時は頷いていたが、もしかしたら冗談だと思われていたのかもしれない。

再度確認しなかった俺のミスだ。

「阿鳥……もしかして、昨日の話って本気なの？」

気持ちがようやく伝わったのか、御崎が尋ねてきた。

「ああ、そうだ」

「お前ら、俺を無視して何を――」

「社長、いやお前、いい加減にしろよ」

「……ふえ？」

今まで言ったことのない口調ですごむと、社長《こいつ》が情けない声を出す。

「今までずっと我慢してきた。けどそれはお前の為でも、会社の為でもない。ここで働いていた、働いているみんなの為にだ。なのにその部下――御崎を危険な目に遭わせるだと？　ついに限界を超えたな」

「な、な、な！　社長に向かって、な、ななんて口を──」

「御崎は俺の大切な同僚だ。お前の駒じゃない。──御崎は、俺がもらっていく」

「は、はあ⁉　何を言ってるんだ貴様！」

社長の叫びを無視して、御崎に手を伸ばした。

「御崎、俺と一緒に来てくれ。お前だけは俺が必ずなんとかする。ダンジョンでもなんでも、守ってやる」

「……それ、本気なの？」

「ああ、本気だ。俺にはお前が必要だ」

俺は今まで御崎に甘えていた。彼女は責任感が強くて、誰よりも真面目だ。でも、俺にとって掛け替えのない人だとわかった。好きだとか愛だとか、そういうのはわからないが、危険な目に遭うとわかっていて見過ごせるわけがない。

今のすべての気持ちを御崎に伝えると、彼女は黙って頷いてくれた。

しかし社長《バカ》が、間に割って入ってくる。

「お前、ふざけるな！　御崎は俺のもんだ！　俺の部下だ！　てめえなんかに──」

「……阿鳥、わかった。じゃあ私も、我慢しなくていいや。──おい、このクソ野郎」

「クソ野……ふえ⁉　お、俺のことか⁉」

御崎は思い切り社長の胸ぐらを掴むと、あろうことか片手で持ち上げる。

え、その細い腕のどこにそんな力が？

「毎日毎日、口が臭せぇんだよ！　気安くぽんぽん肩に触れやがって！　何が俺のものだ？

てめぇ、殺すぞ！」

「み、御崎、落ち着くんだ。な、な⁉」

「ひ、ひいやあああ⁉」

社長を殺さんとばかりの勢いで詰め寄る御崎。え、怖すぎない？　前職は何してたの？

「もし、道端で見つけたらぶち殺すからな！　わかったかあああ⁉」

その瞬間、御崎は〝動かしてあげる〟の魔法を発動した。ありとあらゆる物が空中に浮かび、
社長に対して鋭い矛先を向ける。

「あ、あ、あ、あひ、あひ、あひ、あひ」

社長はもはや怯えて声も出ないらしい。

もうこうなってくると、社長《バカ》のことはどうでもいい。

「ったく、ぼけが！　――じゃあ、阿鳥、いこっか？」

「あ、ああ……」

一転して天使のような笑顔を浮かべる御崎。天使と悪魔って、一人で演じきれるんだな。

そして俺たちは辞表を叩きつける。てか、御崎も持っていたのか。

しかし社長は、それを見て我に返ったのか、未練がましく文句を言いはじめた。

「けっ、消えろ消えろ！　辞めちまえ！　お前らなんていなくてもなあ、うちには働き手がいっぱいいるんだよ！」

その瞬間、扉が開く。

現れたのは同僚、そして後輩たちだった。

「俺も辞めます」「私も」「俺もです」「私も辞めます。こんな会社」

それにはさすがの社長も困惑しはじめた。当たり前だ。会社は一人じゃできない。

支えていた俺たちがいたからこそ、事業として成り立っていたのだ。

「お、おいお前たち⁉　なんでだよ、おい⁉」

「阿鳥先輩、御崎先輩、俺たち後輩に気を遣って、色々我慢してくれていたこと知っています。今まで本当にありがとうございました」

俺たちが面倒を見ていた後輩たちがそう言ってくれた。社長は泣きべそをかきながら女々しくすがっているが、誰も話を聞かない。

こいつが一人でできることは何もない。幸い取り引き先との契約の更新月だ。来月から会社は大変なことになるだろうが、俺たちにはもう関係ない。

晴れ晴れした気持ちで御崎と会社を出る。後輩たちとも後日打ち上げの約束をした。

思う存分愚痴を言い合える会は、想像するだけでも楽しそうだ。

「御崎、すまなかったな。俺の勢いでこんな」

「私も我慢してたからね。あー、スッキリしたー。気持ちよかった！」

手を天高く伸ばしながら、嬉しそうに伸びをする御崎。

確かにあそこまで言えば気持ちよかっただろうな。

「俺が何かやらかしても、あそこまで詰め寄らないでくれよ」

「さあ、どうでしょう？　――というか、ダンジョンの件、本当なの？」

「ああ、配信が上手くいかなかったらだけどな。一人でも素材集めはできるって聞くし。その辺はなんとか考えるよ」

「ふうん、ま、その時は私も手伝ってあげる」

「いや、それは話が違うだろ⁉　危険な目には遭わせたくな――」

「私たちはパートナー、でしょ？　それに、守ってくれるんじゃないの？」

「……そうだな。必ず守る」

「ふふふ、それに多分、私の魔法のほうが強いよ？」

「それはそうかも」

俺たちは、ひとまず自宅に戻ってきた。これからのことを話し合いながら、みんなでうどんを食べる。

リスナーから『各地の名産うどんを買ってあげて！』とコメントが来ていたので、会社を辞めた祝勝会？　と称して豪華にきしめんを追加したのだ。

「どうだ、美味しいか？」

「キュ……キュキュウ！」

羽根でちょんちょんと触れたあと、美味しそうに平らげるおもち。

しかしすぐなくなってしまって、悲しそうにした。

「今日はこれだけだ。さて、今後について話し合うか」

「おもちゃん、お羽根ふきふきしようね」

御崎が、おもちをタオルでふいてくれている。可愛いな……？

配信をしてお金を稼ぐこともできるだろうが、収益化はまだかかるだろう。

となると一番手っ取り早いのはダンジョンだ。

素材やアイテムを得られるし、ネットで調べてみたが、魔物は身体を動かしたほうが調子もいいらしい。

この家では、満足に運動もできていないだろう。

一石二鳥、いや三鳥か。

とはいえ、おもちや御崎を危険な目に合わせたくない。俺一人で――。

「次はダンジョンかな。頑張ろうね」

「ああ、ってえ？　いや、御崎なに言ってんだ⁉」

「どうせ一人で行くつもりだったんでしょ？　そんなのダメだよ。私も着いていく」

「いや、そうだけど……でもそれじゃあ会社を辞めた理由が──」

「阿鳥と一緒にいたかったからだよ」

「……一緒に？」

「勘違いしないでね。一人にすると心配だからよ。私がいないと何もできないと思うし」

「な、そんなことは……あるかも……」

「キュウ！」

するとおもちは、自分の胸を叩いていた。どんどんって感じではなく、羽根なのでバシバシって感じだが。

「おもちゃんも一緒にだってさ。わかるでしょ」

おもちは言葉を話さないが、俺のことを理解してくれている。

「ダンジョンは危険だと思うぞ。それでもいいのか？」

「キュウ！」

炎を纏いながら魔力を向上させた。どうやらやる気満々のようだ。

するとその時、周りの家具が浮く。これは、御崎の能力だ。

「私も気合い十分よ。みんなで頑張りましょう。力を合わせれば、危険なんてへっちゃらよ」

「……ありがとな。よし、じゃあ次の配信はダンジョンにするか！　素材やアイテムもゲットしてやろうぜ！」

これから大変なことばかりだが、俺は一人じゃない。

だが色々と調べなきゃいけない。俺が発端だ。つまり、リーダー。

みんなを先導していかないとな。

それにおもちが怪我をしていた理由も未だにわかっていない。

何があってもいいように、今以上に気を引き締めていこう。

「阿鳥、これ」

するとその時、御崎が俺に資料のようなものを手渡してきた。

「ん、何だこれ……ダンジョンについて？」

なんとそこには、ダンジョンの魔物、能力、そして場所や難易度まで詳細に書かれていた。

ついでにアカペンで丸もつけてくれている。え？　いつから準備していたの？　有能？　キングオブ、有能？

「ありがとうございます。御崎リーダー」

「ふふふ、私は優秀なアシスタントでいいわよ」

「キュウ！」

さあて、これからが楽しみだ。

第二章：スローライフを目指すのだ。

ダンジョンは日本各地に存在している。だがそのほとんどが都内二十三区に密集しており、今やダンジョン特区とも呼ばれていた。

俺の目の前には、大きくて無機質なグレーな色をした箱のような建物がそびえていた。

初めて見るわけじゃないが、中に入ると思うと心臓が強く鼓動しはじめる。

周りには、探索者と呼ばれる人が大勢集まっていた。さすがに小さな子供はいないが、高校生ぐらいのグループだっている。能力によっては大人をゆうに凌駕するだろう。

人は見た目では判断できない。今の時代は特にそうだ。

「御崎、まだ来てないみたいだな」

「キュウ！」

するとその時、スマホにメッセージが届く。「後ろ」。振り返ると、御崎が立っていた。

「うおっ⁉　……メリーさんみたいな登場やめろよ」

「だって気づかないんだもん。それより、阿鳥の服装、大丈夫？」

「ん、何がだ？」

「それ、ダンジョンっていうか、登山でも行くみたいな格好だけど」

御崎の言う通り、俺は家にあった登山グッズをかき集めていた。防水のジャケットにロングパンツ、帽子、リュックサック、ロープ、カラビナ。

御崎はアスリートみたいな格好だ。

上は白と黒のタンクトップで、豊満な胸がたわわになっている。下は白いふとももが露出しているミニスカート、いやそう見えるタイプの短パンかも。

「……エロいな。もしかして動画の再生回数の為に？　って、そんな冷たい目で見るなよ」

「おじさんみたいなこと言うんだもん。だってダンジョンは戦うんだよ？　できるだけ装備は軽くて動きやすいほうがいいでしょ」

言われてみれば確かにその通りだ。ダンジョンといっても、壁をよじ登るわけじゃない。周りもよく見ると軽装が多かった。

重装備の人もいるが、そもそもガタイが大きかったり、おそらく魔法持ちだろう。

「次から気をつけます。なあ、おもち――ってあれ？」

気づけばおもちがいない。見渡してみると、探索者たちに囲まれていた。

「すげえ、この子フェニックスじゃないか？　熱く……ないんだな」

「俺知ってるぞ！　おもちだよな⁉　すげえ！」

「可愛いー！　凄い綺麗な毛並みだー」

いつのまにかマスコットキャラクターみたいになっている。

なんとも微笑ましい。ドッグランに飼い犬を連れて行った時の飼い主ってこんな気持ちになるのだろうか。

ここで女の子と出会いがあったりして……。

『山城さんのフェニックス、可愛いですね』

『そうでしょうか、それより、貴方のゴブリンちゃんも素敵ですよ』

『そんな、狂暴なだけですよ。あら、ゴブちゃん、こん棒で山城さんのこと殴っちゃだめよ』

『ははは！　気にしないでください。骨の一本や二本、大したことでは――!?』

その時、後ろからメリーさんの殺気を感じた。

「今、変な妄想してたでしょ」

「もしかして心を読む魔法もお持ちなんですか？」

邪な気持ちは、できるだけ持たないようにしよう。

「探索者《ギルド》カードを確認しました。二人ともFランクですね。ダンジョンへの入場は可能ですが、一階層のみとなっておりますので、お気をつけください」

入り口でスーツ姿の男性から説明を受ける。俺が思っていたよりも近代化が進んでいるらしい。ちなみにこの人たちは探索者で、高ランクだと聞いたことがある。

ランクを上げると様々なメリットがある。

素材の買い取り金額が上がったり、様々なダンジョンが入場可能になったり。

ただその為には。ダンジョンの制覇記録だったり、それに応じて魔物を討伐した功績が必要だ。

ただし、重大な違反をすれば剥奪もありえるとのこと。

過去に無謀な探索者がいたので、それで厳しくなったとネットに書かれていた。

またいくら本人が強くても、ランクは一つずつしか上がらない。

このあたりは海外と大きく違うとのことだ。

フランスでは一日でSランクに到達した化け物みたいな少女がいる……とか。

いかにも日本っぽいが、そのおかげで世界でも類を見ないほど死亡率が低く、安全基準が高く設定されている。

それについては、俺としても特に不満はない。

説明を終えて通路を進むと、綺麗な水晶が浮遊していた。

「これに手をかざせばいいのか」

「みんなでやれば同じ場所に行くみたいね。おもちゃん、おいでー」

「キュウ！」

「よし、準備はいいな？」

近づくと、探索者《ギルド》で刻んでもらった印が手の甲に浮かび上がる。

俺だけではなく、御崎の手にも。

随分と昔、公園に出現した野良魔物を魔法で退治したことがあるらしい。

俺と同じように登録を促されて取得。その後、興味がなく放置していたとか。

「事前に調べてる通りだと思うけど、絶対に油断しないでね」

「任せろ。逃げ足には自信がある」

「それ、ドヤ顔で言うことかな？」

御崎が呆れた顔のような笑みを浮かべた瞬間、視界が切り替わった。

水晶から七色の光が反射し、次第に見えてきたのは——異世界のような大草原だった。

「すげえ……これが、ダンジョンの内部なのか」

草木が生い茂っている。空を見上げるとなぜか青い。それに頬に触れるこれは風か？

凄いな。どうなっているんだろう。

いや、待て待て。感傷に浸るのはあとだ。まずは、リーダーとしてしっかりしないと。

「よし！　まずおもちは周囲を警戒。御崎は——」

「おもちゃん、これ持っててー、あ、機材はこれとこれと」

「キュウキュウ！」

気づけばおもちと御崎はテキパキと動いていた。おもちは魔力を漲らせて周囲を警戒。御崎は鞄から機材を取り出している。

今日の目的はおもちと初ダンジョン配信だ。決して無理はしない。

うん、優秀な二人でリーダーの俺も嬉しい！　俺……まだリーダーだよな？

「よし、準備オッケー！　さあて、さっそく始めよっか。――〝動かしてあげるっ！〟」

御崎は魔法を発動させた。カメラがふわっと浮くと、操縦者のいないドローンのようになった。本当に不思議な能力だな。

「それってどんな感覚なんだ？　見た感じ凄い難しそうなんだが」

「んー、手が何本もあるって感じかな？　特に難しくはないよ。右手で飲み物取って、左手で食べ物持って、って言われても、簡単でしょ？」

なるほどのような、なるほどじゃないような。俺の火耐性（極）なんかよりは随分と楽しそうで羨ましい。

家でリモコンが見つからなくても、直接テレビの電源が消せるんだろうなあ。

「じゃあさっそく動画配信しようか。おもち、戦闘もあるだろうから、炎中和魔法を少し弱めていいか？」

「キュウ！」

いつもは抑えている炎を、少しばかり解放する。

おもちの身体が取り巻く炎が、メラメラと燃え上がる。地面の葉が、チリリと音を奏でた。

「それじゃあ、生配信スタートするねー」

そして初のダンジョン配信が始まった。直後、コメントが勢いよく流れていく。

〝キター！　全裸待機してました〟

〝さっそくダンジョンの中か、おもちちゃんいつもより燃えてんね〟

〝このダンジョンをクリアしたら結婚するの？〟

〝フラグ立てるなｗ〟

〝初見です。ダンジョン配信楽しみです！〟

事前に報告していたおかげで、特に説明をしなくても済みそうだ。

おもちも視聴者の気持ちに応えるかのように、羽根を大きく広げた。

気合い十分、炎十分、羽根十分だ。

「こんにちは、アトリです！　では、さっそくですがダンジョンの探索をしてみま――」

俺が挨拶をしたまさにその時、カメラの奥から木々を倒して向かってくる、一つ目の魔物を発見した。五メートル以上はありそうだ。動画では知っていたが、実際に見るとまるでビルだな。これが、サイクロプスか。

正直めちゃくちゃ怖いが、こっちにはおもちがいる。実際、後ろでキュウキュウと威嚇していた。

「よし、おもち行くぞ――」

「キュウ――――！」

俺の指示を待たずにおもちは飛びあがった。直後、とてつもない炎のブレスを吐く。それは公園の時とは比較にならないほどの威力で――。

「ガアアア――――――……」

地獄の業火、なんて聞いたことがあるが、まさにそれだと思った。

なんとサイクロプスは完全に跡形もなく消えてしまったからだ。

〝……え？〟

〝何が起こったの？〟

〝消えた……？〟

〝強すぎってレベルじゃねえぞ！〟

これには視聴者も唖然としたらしく、コメントも控え気味だ。とはいえ俺も同じ気持ちだった。こんなに……強いの？

「キュウキュウ！」

しかしおもちはそんなことはつゆ知らず。褒めて褒めてと、俺の頬をツンツン、ツンツン。

その嘴はいつもの五倍ぐらい熱い。てか、あっつぅ⁉

「お、落ち着けおもち⁉　あつい、あついって⁉　よ、よくやったぞ！」

「キュウ！」

「お、おう！　あつぅ⁉」

〝熱がってて草〟

〝そりゃそうだよなｗ　でもおもしろい〟

〝イチャイチャすなｗ〟

ただこれでは素材が集められないので、おもちに威力を弱めてもらうように頼んだ。

再びサイクロプスが出現。今度は弱い威力で倒す。

「よし、よくやったぞ。おもち！　あれ、御崎は――」

「なるほど……魔力が血液みたいな感じなのね。ということは……このあたりに魔石があるってことかしら」

器用に配信しながら、グロ映像だけは見せないように、サイクロプスの心臓に手を突っ込んでいる御崎がいた。

冷静な言葉と表情が、あまりにも怖く見える。

「おもちは見ちゃダメです！」

「キュ、キュウ……」

思わずおもちの目を手で覆う。といっても、これをしたのはおもちだが。

〝ミサキのシゴデキお姉さんっぷり好き〟

〝解剖医ミサキシーズン一〟

〝仕事人ｗ〟

〝おもち可愛い〟

〝おもちの最速の炎ブレス、俺でなきゃ見逃してるね〟

「あった！　ふふふ、これが魔石ね！」

立ち上がった御崎は、煌びやかな宝石のようなものを持っていた。大きさはそれほどでもないが、ダイヤモンドみたいに綺麗だ。

テレビで見たことはあったが、これが魔石か。

「実際に見ると宝石みたいだな」

「ドロップ率はかなり低いらしいから、大当たりなんじゃないかな。そもそも、サイクロプスが出現する情報はなかったから、もしかしてと思ったけど」

魔石とは、モンスターの心臓代わりのようなものだ。低級な魔物には存在しないが、一定以上強い魔物には存在している。

魔力ポンプの役割を果たしているので、それによって身体能力が向上、魔力も強くなる。人間も食べると魔力が向上するとのこと。また、宝石としても綺麗なので、装飾、工芸品としての利用方法もある。

なので、それなりに高値で売ることも可能だ。

それと御崎の言った通り、この階層ではサイクロプスは出現しないと資料に書いていた。

一体何が起きているのか、それはわからないが幸先がいい。

〝魔石をボリボリＡＳＭＲキボンヌ〟

〝鋭利すぎて口切れそう。飲み込むんだっけ？〟
〝結婚指輪の材料、ゲットだぜ！〟
コメントも大盛り上がりだ。配信はこうやってみんなと分かち合えるのがいいな。
「魔石はとりあえず保留でいいよな、御崎」
「そうだね。そうしよっか」
真剣な表情かと思いきや、御崎は魔石を持ちあげながら目に¥マークを浮かべていた。
うんうん、ダンジョン探索者っぽくていいね。
そういえばもらった資料に、素材を回収できるアイテムがあると書かれていた。
今度、魔法具店に行ってみるか。
「キュウキュウ♪」
〝おもちが勝利のダンスしてる〟
〝可愛い。スクショタイム！〟
〝進めー、このままボス戦だー〟
ダンジョン内部の魔物は弱肉強食を繰り返し、無限に強くなっていく。
もし外に出た場合は、恐ろしいことになる。だからこそ討伐しなきゃいけない。
命は平等じゃない。それはわかっている。
非情になれとは言わないが、奪う以上、覚悟は持つべきだ。

「切り替えだ。よし、先に進もうぜ！」

「おおー」

「キュー！」

と、思っていた矢先、何かを踏んづけた。

ゴムみたいな、柔らかいゼリーみたいな。

むにむに、むにむに、むにゅっん。

「い、痛い痛いですぅっ！」

え、誰、何⁉

視線を下げると、地面は変わらず草原だ。いや、よくみるとなんだか一部が赤い？

「キュウー！」

突然、鼻をクンクンさせたおもちが威嚇した。そして、口をあんぐりとあげて赤草を食べようと——。

「や、やめてくださいやめてください。ごめんなさいっ、ごめんなさいぃ！」

次の瞬間、赤草から声が聞こえてくる。小さな女の子のような声、なんというか萌え声だ。

〝地面から声が……？〟

〝草が喋った⁉〟

〝可愛い声してる〟

〝なになにどうしたの〟

ダンジョンで未知の生物に出会うことはめずらしくもない。だが、喋る魔物は聞いたことがないぞ。知能が高いということは、それだけ危険だということ。

「御崎、おもち、離れろ！」

「キュウッ！」

「な、なにこの魔物⁉」

赤草はむにゅりと起き上がると、徐々に姿かたちを変えていく。

「ごめんなさい、ごめんなさい。敵意はないんです、違うんです、違うんです！」

謝罪を繰り返しながら現れたのは、メラメラと燃え盛っているスライムだった。

どういうことだ？　普通は確か青色。いったいどういうことだ？

〝模倣じゃなくて喋ってる⁉〟

〝幼女っぽい声だ〟

〝燃えてるのか〟

「御崎、この個体は知ってるか？」

全力で首を横に振る。彼女も知らないのならよっぽどめずらしいんだろう。

〝赤いスライムなんて初めてみた〟

〝亜種っぽい〟

〝コロセー、コロセー〟

コメントには読み上げ機能がついている。それに気づいたのか、スライムが慌てふためくかのように叫んだ。

「やめてー！　殺さないでー！　美味しくないよー！」

うん……怪しいな。

「よしおもち、攻撃だ」

「キュウ！」

「わ、わ、わ、やめてやめてくださいっ！　お願いします！」

けれどもスライムは、人間の言葉で命乞いを繰り返す。

さすがに可哀想なのか、おもちは悲し気な表情を浮かべた。

「だめよ、油断しないで！」

そんなことはお構いなく、御崎は魔法を発動した。

スライムが空中に浮き、さらに騒ぎ立てる。

〝ミサキちゃん容赦ない！〟

〝当然、即殺るべき〟

〝ヤレー！〟

「わ、わ、わ、わ、わ、わ、わ、やめてやめてやめてやめて、何でもしますから！　ボクは悪いスライムじゃない！」

「どこかで聞いたような台詞だな」

「阿鳥、人間の言葉を発する魔物は危険だと聞いたことがある。油断しないほうがいい。おもちゃん、ひとおもいにやっちゃいなさい」

「キュウ……」

そういえば聞いたことがある。魔物は命乞いをして人を誘うのがはじまりだったと。

なんだか可哀想な気もするが、ついさっき偽善はやめようと思っていたところだ。

仕方ない。これも世の為、人の為、というか俺たちの為。

「すまない……スライム。――おもち、炎のブレスだ！」

「キュ……キュウー！！！」

「わー！　やめてー！　しんじゃうー！　しんじゃうよー！」

戸惑いを見せたおもちだったが、鋭い眼光にキュッと戻した。すると驚いたことに、赤スライムは御崎の能力を振り切って、ぴょんぴょんと飛び跳ねて逃げはじめた。

〝容赦ないｗｗｗ〟

〝おもち、非情になれ！〟

〝仕方ない、これが世の中の摂理〟

おもちは、赤スライムに狙いを定めて炎のブレスを放った。一直線に放たれた炎は、空気を切り裂きながら熱を帯びて向かっていく。

当たれば跡形もなく消えてしまうだろう。だが俺は目を逸らさない。ダンジョンは弱肉強食の世界だ。そしてたとえ炎タイプだとしても、おもちの攻撃は生易しいもんじゃない。これで終わりだろう。

それは俺《炎タイプ》が証明済み。あの時、熱かったな……。

そして炎はスライムを包み込んだ。耐性を持つ俺ですら思わず目を背けてしまう威力。

ゆっくり近づくと、そこには――。

「あついよー！　あついよー！　撃たれたー！」

元気な赤スライムが無傷のまま、泣き叫んでいた。

〝ワロタｗｗｗ〟

〝赤ちゃんかな？〟

〝おもちの攻撃を食らっても効かないだと!?〟

「え、なにこのスライム」

「もしかして……炎に対して無敵ってこと？」

「いや、それはさすがにないと思うが……でも、説明がつかないな」

〝このスライム……強い！〟

〝おもちが……負けただと!?〟

〝炎タイプっぽく見えるけど、実際は違うとか？〟

「仕方ない。おもち、もう一度炎のブレスだ！」

「キュー！」

「わー！　しんじゃうっ、本当にしんじゃうー！」

再び放たれる凄まじい炎のブレス。これで終わりだろう。ありがとう、赤スライム。

「やーめーてー！　やめてー！」

「……おもち、もう一回だ」

〝無敵すぎるだろｗ〟

〝こいつ、もしかしてボスか⁉〟

〝強すぎるｗ〟

それから何度も炎を放ってもらった。だが結果は同じだ。

倒すどころか、傷つけることすらできない。

怯えたスライムがまた逃げようとする。

「おい、逃げるなっ！」

「ひゃあああ」

が、逃げ足は遅いのですぐに捕まえた。持ち上げると、もの凄く軽い。

……あれ？　弱いのか？

〝貧弱すぎる足〟

〝誰か代走してあげてくれ〟

〝お婆ちゃんかと思った〟

「まったく、炎に強いだけか。怯えなくてもよかったな」

「じたばたー！　じたばたー！」

「それ口で言うもんじゃねえだろ。御崎、このまま何かに詰めて持って帰るか？」

「そうね、タッパがあるから入れてみる？」

「ああ、そうしようか」

「やめてー！　窒息死しちゃうー！」

ぎゃあぎゃあとうるさいので、一旦地面におろす。

それでもまだ騒ぎ続け、何だか可哀想になったのでもういいよと言ったら、今度は仲間になりたそうな目で見つめてくる。

何なんだコイツは……。

〝これは面倒な構ってちゃん〟

〝メンヘラスライムか……あり〟

〝可愛いから許してあげようよ〟

結局俺たちは、なぜかスライムの身の上話を聞くことになった。

「ボク、幼いころの思い出があってね。お母さんに――」

「おもちの羽根は寝心地がいいなぁ」

「ほんと、このまま眠れそうだわ」

「って、誰も聞いてない!?」

本当に一からだったのでおもち枕でスヤスヤしていたら、スライムに怒られてしまった。

「手短にしてくれ」

「ぐすん……。えっとね、気づいたらここにいて……多分、フェニックスの炎の魔力に釣られちゃったんだ」

えらい簡易的になったな。とはいえわかりやすい。なるほど、もしかするとサイクロプスもその可能性があるのか。脅威だからこそ排除しなければとなったのか？　ふむ、そのあたりは考察のしがいがありそうだな。

「ならどこから来たんだ？」

「四十五層くらいかな？　あ、六かも」

「よ、四十五……？」

びっくりして、思わず御崎と顔を見合わせた。このダンジョンは初心者に優しいとはいえ、それは浅い階層のみの話だ。

スライムの言葉が真実なら、〝S級探索者のみ〟しか立ち入りが許されないフロアで生息していたことになる。

〝これマジの話？〟

〝さすがに嘘だと思うな〟

〝うーん、信用するものがない〟

〝でも、おもちの攻撃を防いだのは確かだね〟

コメントもどちらかというと否定的だ。確かに俺も信用できないが、おもちの攻撃を防いだことは事実。

「ボク、外の世界に行きたいんだ」

「どういうことだ……」

「ボクがいた場所はみんな殺気だってるし、たまに来た人間に声をかけても恐れられて逃げられちゃうんだ。ボク、さびしくて……」

そりゃ、一つのミスも許されないと言われている最下層で話しかけてくるスライムがいたら怖いだろう。

炎の耐性を持つ俺でも怖いし、殺されると思って逃げるな。

ただ、スライムからすればさびしい、悲しいかもしれない。

俺は知っている。一人であることの辛さを。

そう考えると至極真っ当な答えではある。ちらりと御崎に視線を向けると、まあ、好きにしたらと言わんばかりの表情を浮かべていた。

俺と同じで、スライムに同情したんだろう。

「おもちはどうしたい？」

「キュウキュウ♪」

おもちの行動はわかりやすかった。身体を赤スライムに向かってこすりつけたのだ。

おもちは家族だが、魔物としては一人だ。もし留守番する時があっても、友達がいたらさびしくないだろう。

「よし、スライム。だったら今日から俺たちは仲間だ。けど、その為にはテイムが必要だ。それでもいいか？」

「もちろん！　わーい！」

無邪気な声でぴょんぴょんと飛び跳ねる。まったく、変なやつだな。

俺はおもちの時と同じように手をかざす。

手の甲が光り輝き、探索者専用の印が浮かび上がる。そしてそれは、スライムの額にも一瞬だけ浮かび上がった。

〝まさかの仲間に!?〟

〝名前はどうしますか〟

〝メンヘラスライム、略してメンスラにしよう〟

〝てか、おもちとこのスライムをテイムした主ヤバくね？〟

〝確かに、よくよく考えたら凄いことだ〟

〝スライム声が可愛くて好き〟

テイムはすぐに終わった。これで完了だ。

そういえば、レベル差がありすぎるとテイムできないらしいが、おもちとスライムは問題ないみたいだ。

「阿鳥、お疲れ様。それと、スラちゃんは具体的に何ができるのかしら？」

早速スラちゃんと略しているのは気になるが、御崎の言う通りだ。あまり考えていなかったが、見た目の可愛さと防御力だけか？

持ち上げてみると、冷たいゼリーっぽくて気持ちがいい。

人生を駄目にするスライムみたいな活躍で椅子になってもらおうかな。

「変身が得意だよ！　この声も、人間の声帯模写なんだ！」

「なるほどね。ほかには？」

御崎の問いかけに、スライムは「じゃあ、見てて！」と可愛い声を出した。

突然俺の背中にくっつき、その形態を変化させていく。そして、赤い羽根のようになった。

メラメラと燃えているが、火耐性（極）があるので問題なし。中和魔法がなければ、おそらく大やけどしていると思うと恐ろしい。

「おお、格好いいじゃないか。もしかして、飛べるのか？」

〝マジ⁉　凄くね⁉〟

〝そんな魔物初めて見たぞ〟

〝だったらかなり有能じゃね？〟

これが本当ならとんでもないことだ。え、俺飛べちゃう？　飛べちゃうの⁉

変身時は相応の魔力を使うらしく、言葉を話さなくなった。代わりに、直接テレパシーが流れ込んでくる。

『ご主人様、いっくよー！』

次の瞬間、俺は高く舞い上がった。一瞬で地面が遠ざかっていく。

御崎とおもちが小さく見える。

俺は空を――飛んでいる。

「すげえ……」

古来より人には空を飛びたいという願望があった。

それを実現したことで、飛行機、果てはスカイダイビングなんてものまであるのだ。

俺はたった一人、いや、スライムのおかげで叶ってしまった。

『凄いでしょ？　ボク、変身できるんだ！』

「ああ、正直見くびってたよ。めちゃくちゃ凄いじゃないか」

『えへへ、あ、でも、思ってたより空飛ぶのって難しい……かも』

「え？　どういうこと？」

『実は、初めてで——あ、あ、あ、お、落ちるうううううう』

すると羽根がバタバタとしはじめる。体の軸がぶれていく。

「おい、スライム⁉　大丈夫か？　って——おい——おい⁉」

赤い羽根の変身が解けていくと、徐々にスライムに戻っていく。

当然だが——自由落下だ。

「うわあああああああああああああああ⁉」

「——〝動かしてあげる〟っ！」

もう少しで地面に直撃、というところで御崎が助けてくれた。

おもちも助けようとしてくれていたらしく、羽根を大きく広げている。

〝主、死んだかと思ったｗ〟

〝消えたかと思ったら空高く舞い上がってたのかｗ〟

〝もうすぐでダーウィン賞だった〟

御崎がいなければ、おもちがいなければマジでそうなっていたのかもしれない。

「……スライム、クビだ」

「えええ⁉　ごめんなさいっ、ごめんなさいっ！」

こうして、甘えん坊でドジなかまってちゃんファイアスライムが仲間になった。

なんか、長いな。


「ガアアアアアッ！」

「えいっ！」

俺は信じられないものを見ていた。

弱小と呼ばれているスライムが、オークやサイクロプスをバタバタとなぎ倒しているのだ。

それもどう見ても弱そうな体当たりで。

獰猛な魔物たちは、炎で燃え盛りながら悲鳴をあげて倒れ込む。

生息していたのが四十五層というのは、おそらくガチだろう。

あまりにも強い、いや――強すぎる。

〝このスライム只者じゃねぇｗ〟

〝声のトーンと威力が一致してないんだが〟

〝体当たりでどんな魔物も倒せそう〟

「どう、ボク、どう!?」

褒めてと言わんばかりに、ぴょんぴょんと飛び跳ねる。思っていたよりも可愛い。

おかげで配信も大盛り上がりだ。

間髪入れずサイクロプスが現れた。

もはや驚きはなく、相手が可哀想だと思いはじめていたが。

「キュキュ！」

その時、おもちが負けじと前に出ると、炎のブレスで攻撃を放った。相変わらず凄まじいが、威力は手加減しているらしい。

そして御崎が嬉しそうに近寄り、魔法で器用に魔石を取り出す。

「大量♪　大量♪」

恍惚な表情を浮かべる御崎、飛行しながらサイクロプスを倒すおもち、体当たりしながら敵をなぎ倒すスライム。

あれもしかして俺……いらなくね!?

いや、この人たちの適応能力高すぎっ!?

まずい、このままでは俺の存在意義が……あと、配信での立場が!?

「君たち、集合！　大集合！」

〝このパーティー最強だ〟

〝明日にはトレンド入りしそうだな〟

〝このままボスまで突っ走れ！〟

〝アトリ、もしかして必要……いや、何でもない〟

マズイ。気づき始めている。

最強トリオを呼びつけ、事前に聞いていた注意事項を思い出させるように念押しした。

初ダンジョンの入場は、制限時間が設定されているのだ。

俺が帰りたいわけではない。これは本当の話。

「悪いがそろそろ時間だ。魔物を倒し過ぎるのは生態系が崩れて危険だと聞いたこともあるしな」

「そうね。鞄に魔石も入りきらないし、今日は帰りましょうか。それにしても阿鳥、もしかしてあなた――」

「さあて！　帰るぞ！　魔石は俺が持つ！　何でも持つぞ！　全部渡してくれ！」

御崎が何か言いそうだったので言葉を遮る。

おもちとスライムに威厳を保つ為にも、できるだけ頑張らないと。

〝アトリ頑張ってて偉い〟

〝必死感伝わる〟

〝負けたことがあるのが財産になるやつ〟

すべてが終わり、俺たちは最後の挨拶をして配信を止めた。コメントは今までで一番多かった。間違いなく大成功だ。

ただ、バッテリーが無くなりそうだったので、今度はモバイルチャージャーでも持ってこようと学んだ。

出口へ向かう前に、スライムに視線を向ける。

「これから外に出るが、本当にいいんだな？　次、いつここに戻って来るかわからない。テイムされている以上、一緒に暮らすことになる」

「了解でありますっ！」

「キュウッ！」

おもちとファイアスライムは、既に親友みたいになっている。

冷静に考えるとめちゃくちゃ凄くないか？

さながら俺は芸能マネージャー気分。

売れっ子を抱えれば、将来も安泰!?

いずれは阿鳥ーズみたいな会社でも作るか！　スローライフするにも、基盤が必要だしな。

がははは！

「ふ、御崎、お前を副社長にしてやってもいいぞ」

「何の話？　それよりもう行くわよ。配信も終わったし、帰ったら色々調べなきゃいけないしね。あと、わかってる？」

「ん、何がだ？」

「今日のあなた、空飛んで落ちたとこがハイライトよ」

た、確かに……。よくよく考えると俺は「うわあああ」と「いけ、おもち！」しか言っていない。

自然と瞳から涙が零れそうになる。もっと謙虚な人間でいよう。

「目を覚まさせてくれてありがとう」

「よくわからないけど、こちらこそありがとね」

するとそこで、御崎がなぜか俺に礼を言った。なぜかと思っていたら、御崎が続ける。

「ダンジョン、不安もあったけど来てよかった。それにこんなに笑ったのは久しぶりかも。配信も楽しいよ。――阿鳥についてきてよかった」

その言葉で本当に涙を流しそうになった。俺も不安だった。でも、おもちや御崎、こうやってスライムと出会えたことが何よりも嬉しい。

これから先困難があっても、俺たちは上手くやっていけるはずだ。

「俺もありがとな。よし、みんな行こう――」

「おもちゃん、さあ帰ってのんびりしようね」

「キュウキュウ！」

気づけば誰もいなかった。急いであとを追いかける。ここ、感動のシーンじゃないの⁉

「ご主人様、何してたんですか？　独り言多いみたいですけど、そういう能力ですか？」

「やっぱりここに置いて帰ろうかな」

「ええ、そ、そんなーッ！」

「嘘だよ。じゃあ、みんなお疲れ様。初ダンジョンは大成功だ」

これからもみんなで頑張るぞ。


「阿鳥、お酒まーだー？」

「はい、ただちにっ！」

「キュウキュウー」

「うどん、もうすぐ茹で上がります！」

あれ？　ダンジョンが終わってからのほうが忙しいぞ。それになんか俺、バイトみたいになってないか？

家に戻ってから祝賀会をしようとなった。でもなんかちょっと思っていたのと違うな。

「御崎、何してるんだ？」

「魔石を眺めてるよー」

「それ何もしてないって言ってるのと同じだぞ」

彼女は魔石をずっと眺めている。確かに綺麗だ。案外女性っぽいところもあるんだな。

「うふふ、いくらで売れるかな？　おもちゃん、スラちゃん！」

「キュウ？」

「ぷいぷいっ♪」

あ、そっちね……。そして驚いたことがあった。この鳴き声はなんと、スライムが発している。

ダンジョンの外は魔力が少ないらしく、もしかしたら話せなくなるかもと最後に教えてくれた。

声帯模写はそれだけ魔力を消費するみたいだ。

とはいえ、何の問題もない。むしろ、静かかも——。

「ぷいっぷいっ！　ぷーいっぷっ！」

いや、やっぱり静かじゃないな。

「ほら、うどんができたぞー。今日は豪華にきしめんだ！」

「キュウー⁉」

「ぷいっぷいっ♪」

がっつくおもちとスライム。姿かたちは違うが兄弟みたいだ。

もしくは姉妹か。

「ほら、御崎」

「えへへ、ありがとー！　おつまみは？」

「うどんだ」

「またあ⁉　少しはお金使おうよー」

「ダンジョンで素材をゲットしたとはいえ、俺たちは無職なんだぞ。節約は基本だろ」

「けちー、けちー」

美人なくせに駄々をこねるところは子供っぽい。けれども、彼女のおかげで俺は仕事を辞める決断ができたし、今もこうやって笑えている。誰よりも感謝しているのだ。

「おもちゃーん、スラちゃーん♪　かんぱーい♪」

三人で乾杯。おもちとスライムは水だが。てか、かなり懐いているな。

「なあ御崎、スライムに名前を付けてあげてくれよ。スラちゃんってのも、なんだかな」

んーっ、じゃあねえとスライムを見つめる御崎。

できればおもちと関連性のある名前がいいな。そういえば彼女のセンスを俺は知らない——。

「田所《たどころ》さんにしよう。ね、たどちゃーんっ！」

「たど……ころさん？」

「うふふ、いいでしょー？」

え？　冗談？　ガチ？　……嘘だよな？

さすがにおもちと田所は親和性がなさすぎるだろ。

「悪いが却下だ」

「え、なんでえ⁉」

「謎すぎるだろ。なんだ田所さんって……」

「近所にいたおじいちゃんなんだけど、スラちゃんに似てるんだよね。温和な感じが」

「おじいちゃんには悪いが、さすがにそれは——」

「ぷいっぷいっ！　ぷいーー！」

しかしスライムは、いや田所はご機嫌で、御崎に頬ずりをしはじめた。

え、いいの？　その名前でいいの？　おもちと田所だよ？

「ほら！　たどちゃんも嬉しいって！」

「いいの？　本当にいいの？　取り返しがつかないぞ？」

「ぷいぷいっ／／／／」

嬉しくてたまらないらしい。

まあでも、本人が喜んでいるならいいのか。いや、ほんとか？　まいいか。

「なら田所、これからよろしくな」

「ぷいっ！」

「たどちゃーんっ♪　おもちゃーん♪」

こうしてファイアスライムこと田所が、俺と御崎とおもちのところにやってきたのだった。

◇

「田所さんはやはり最下層の魔物で間違いなさそうです。ただ、魔力が満ちた状態だとしても声帯模写なんて高等技術は世界でも確認は取れていません。おもちさんもわからないことばかりですが、田所さんはそれ以上かもしれませんね」

俺は視聴者から教えてもらった魔物研究所に来ていた。

隣では、小さなキャリーに入ってスヤスヤと眠っているスライム、もとい田所がいる。

ファイアスライムの情報がネットには載っていなかったので、詳しく調べてもらったのだ。

正直、田所さん田所さんと真面目に発言する研究員には申し訳ないが、ちょっと面白かった。

「そうですか……わかりました。ご丁寧にありがとうございます」

「いえ、お力になれず申し訳ございません。田所さんから許可を得てサンプルも頂きましたので、もう少し調べてみますね。あと、おもちさんの怪我の件ですが……これは私の見解で申し訳ないのですが、もしかすると魔物ではなく、人から攻撃を受けたのかもしれません」

「人、ですか!?　……それは誰かがおもちを倒そうとしたということでしょうか？」

「どうでしょうか。現実的に考えると捕獲しようとした可能性が高いと思います。ただ、阿鳥さんのように火耐性（極）がなければ近寄ることすらできなかったかもしれませんが。人から攻撃を受けたことを裏付ける理由として、おもちさんはとても戦闘能力が高いです。オークもいたとのことですが、おもちさんに傷一つつけることすらできないと思いますから」

確かにその通りだ。おもちの一撃でオークは息絶えた。

……やっぱり、何かあるな。

「そういえば上から確認が取れました。部屋はご自由にお使いくださいとのことです」

「本当ですか!?　良かったです。さっそく使わせてもらいますね」

「はい。その代わりといってはなんですが、映像だけ撮らせてもらっていいですか？」

「構いませんが、何かに必要なんですか？」

「どんなことになるのか、楽しみですからね。ただ、無理はしないでください。おもちさんは、既に部屋で待機してもらっていますので」

「ありがとうございます！　よし、田所いくぞ！」

「すぅすぅ……ぷいっ？」

可愛い寝顔だな、田所。

「よし、まずは準備運動。ラジオ体操第一始めーっ！」

「キュウキュウ」

「ぷいぷいっ」

スマホから流れる音楽に合わせて、念入りに柔軟運動を始める。

スライムは、ほとんど液体なので必要ないと思うが、本人がやる気なのでいいだろう。

今いる場所は研究所内にある大型訓練室だ。

体育館ほどの大きさで、無機質で真っ白な箱の中という感じ。

元々は大型の魔物を研究する際のスペースだったらしいが、使わせてほしいと無理を言って頼みこんだ。

前回の初ダンジョンで、俺は思い知らされた。攻撃系の魔法がないと本当に立っているだけになる。あの時は良かったが、いずれ戦う場面が来るかもしれない。

それに伴って訓練をしようと思い立ったのだ。

「おもち、最初は軽めの攻撃を頼む。徐々に慣れてきたら威力を上げてくれ」

「キュウ！」

「よし田所、合体だ！」

「ぷいーーーっ！」

おもちは羽ばたいて高く舞い上がった。

炎中和魔法を少し解除したので、熱波が遠くからでも感じられる。

壁に付けられた温度計の示す温度が上昇していくのが見えた。

田所は俺の指示通り、イメージ通りに変化していく。

「ぷいぷいっ」

すると田所は、メラメラと燃え盛る炎の剣となった。

命名『田所ソード』。

昔やっていたゲームの剣にそっくりだ。ここへ来る前、田所に見せてお願いしていた。翼になれるのならもしやと思ったが予想的中。これなら自由落下の危険性もない。ダンジョンの外なので、田所の魔力は少し弱くなっているようだが、それでも凄まじい魔力を感じる。

「よし、田所ありがとな。――準備オーケーだ！　おもち、いいぞ」

俺の掛け声に合わせて、おもちがもの凄い速度で下降しはじめた。

その直後、嘴からとんでもない威力と笑えない速度の炎のブレスが発射される。

「ちょ、ちょっとタンマ⁉」

あまりの強さに驚いてしまい回避、炎は地面に直撃してメラメラと燃えた。

しかし数秒後、何事もなかったかのように元に戻っていく。

「すげえな……これが最新の施設か」

ここはダンジョンに使われているオーバーテクノロジーを利用しているらしく、自己修復機能を持つ、生きている建物らしい。

研究員は形状記憶みたいなものだと言っていたが、俺にはさっぱりわからない。

ただ一つ確かなことは、おもちが全力を出しても、周りには影響がないということだ。

「キュウキュウ……」

「すまねえおもち、ちょっとびびっちまった。もう一度頼む！　もう逃げねえから！」

御崎は頭がいいし、何より度胸がある。おもちは強いし可愛い。田所は元気でちょっとうるさいが強くて頼りになる。だが俺は何もない。

いくらスローライフが送りたいと言っても、何もかも他人任せで生きられるほど能天気じゃない。

火耐性を持つ俺は、田所の擬態にデメリットなしで合体することができる。

さらに田所と息を合わせれば、魔力が何倍にも膨れ上がることを知った。

つまり俺も、努力次第で戦えるのだ。

いつおもちや御崎が危険な目に合うかわからない。その時に、ただ指を咥えて立っていることはしたくない。

「キュウウウ！　――ピイイイイイイイイ！」

おもちが再び急降下。鋭い炎のブレスが俺に目がけて発射された。

マジで手加減なしだ。空気を焼く音、凄まじい炎が向かってくる。

「望むところだっ！　これでも、子どものころはホームランバッターの夢を持ってたんだぜっ！」

俺は逃げずに、ブレスを勢いよく打ち返した。弾き飛ばされた炎は天井にぶち当たると、拡散して燃え散っていく。

しかし続く二発が上手くさばききれず、肩に当たってしまった。

「く――がぁっあああっっっ！」

あまりの威力に吹き飛ばされてしまう。火耐性（極）があるとはいえ、物理的なダメージは防げない。

田所によって防御力を底上げされていなければ、骨折していたかもしれない。

剣を杖にして、よろよろと立ち上がる。

「キュウ……」

「へへ、すまねえ。よし、もう一回だ。田所、そのまま頼むぜ」

『ぷいぃ～……』

テレパシーで田所が心配してくれているのがわかった。

けど、ここで諦めるわけにはいかねえ。

「よしこい、おもち！」

「キュ、キュキュウ！」

俺の気持ちに呼応したおもちは、再び舞い上がる。

そうして俺は、何度も何度も特訓を重ねた。

「阿鳥ー、ここにいるって聞いたけど」

「キュッ!?」

おもちの放ったブレスが、突然現れた御崎に直撃しそうになる。

「おらよっおおおおおお！」

しかし俺は急いで地を蹴り、炎を田所ソードで見事に弾き返した。

特大ホームラン、満塁サヨナラだ。

「ふう、あぶねえ……」

「びっくりした……。って、阿鳥、服どうしたの⁉」

「え？　うおおおおおおおお⁉　な、なんだこれ⁉」

気づけば炎に焼かれてしまっていたのか、服が穴だらけになっていた。

大事なところはかろうじて守られているが、もはや全裸に近い。配信なら絶対にアウトだ。

いやこれ、録画されているって言ってなかったか？

「キュウ……」

申し訳なさそうに近づいてくるおもち。

気にするなと頭を撫でる。

「ありがとな。おもち、田所、おかげで強くなれたぜ」

「ぷいっ！」

その様子を見ていた御崎が口を開く。

「もしかしてずっとここで特訓してたの？」

「ああ、って、もうこんな時間か」

田所はスライムの姿に戻ると、少し疲れたのか俺の肩に乗った。おもちはぐでんとその場でしゃがみ込んだ。さすがに無理させてしまったな。

「魔石はどうだった？」

「一つ一つはそこまで高くなかったけど、数が多かったからまとまったお金になったよ」

見せてくれたスマホの画面には、それなりの金額が振り込まれていた。

阿鳥ーズではないが、色々あって会社を作る予定だ。節税などもできるし、それが一番だろうと話し合った。

「このまま法人化の手続きを進めておくけど、いい？」

「ああ、全部任せて悪いな」

「大丈夫。慣れてるからね」

御崎は元々事務処理が得意だ。ミスがほとんどなく、俺も安心して任せられる。

スローライフを目指すほど忙しくなっている気がするが、これも仕方ないことだろう。

そういえば、さっきから体がなんだかむず痒い。

「なんか阿鳥、もじもじしてない？」

「ああ、なんか痒くて――」

その瞬間、俺の脳内にアラームが響き渡った。今まで聞いたことがない、電子音だ。

『ピンポロンピンポロン、経験値が一定数値を超えました。火耐性（極）のレベルが上がりました♪』

「何だ……この声？」

「え？　どうしたの？　声って？」

どうやら御崎には聞こえてないらしい。レベル？　何の話だ？

『新たな耐性魔法を習得完了。山城阿鳥は、炎を〝充填《じゅうてん》〟できるようになりました』

……充填って、なんだ？

◇

「えーと、百七十五番は……ここか」

男性更衣室と書かれた暖簾《のれん》をくぐって中に入ると、もの凄い数のコインロッカーが並んでいた。

指定された番号の前で止まり、カードキーを差し込んで、水着に着替える。

「キュウキュウー」

「ぷいぷいっ」

視線を落とすと、おもちと田所も裸になっていた。いや、最初からだった。

今日は日頃の疲れを癒す為、温泉にやってきた。

「つうか、すげえな……あれってゴブリンだよな。うお、ハムスターみたいなやつも。あれも魔物なのか」

更衣室には、ペットと思われる魔物が大勢いた。

ここは『マモワールド』と呼ばれる超巨大温泉施設だ。

人間の男女だけではなく、なんと魔物も湯船に浸かることができる。

そして——混浴だ。

ただし注意事項がいくつかある。人間は水着着用で、巨大な魔物が入れる湯船は限定されている。もちろん、魔物とのテイムも必要だ。

ネットにはサイクロプスも入浴していたと書かれていた。どれだけデカいんだ……？

入場料はその分高く設定されているものの、ダンジョンでの疲れを癒しにくる探索者があとを絶たない。

「行こうか、おもち、田所」

二人に声をかけ、さっそく温泉へ向かう。

横幅も広く、天井も高い通路を抜けると、さっそく身体を洗うことができるシャワーや暖かい湯の入った壺が置いてある。

「なるほど、かけ湯か。おもち、田所こっちに来てくれ」

い。


二人にお湯をかけると、気持ちよさそうな声を上げて表情を和ませた。

あとから知ったが、炎タイプに温かいお湯をかけるとマッサージみたいで気持ちが良いらしい。

「キュウッ」「ぷいっ」

「キュウゥ……」「ぷぃ……」

「はは、気持ちいいか。けど、温泉に入ったらこんなもんじゃないと思うぞ」

自分もお湯を被って準備万端。

露天風呂もあるらしく、子供のころのようにワクワクする。

「みんな、お待たせー」

そこに現れたのは、水着姿の御崎だ。上下黒ビキニ、豊満な胸が今にもはちきれそうだ。

スタイルが抜群に良い。普段見慣れている俺ですら固まってしまった。

「どうしたの?」

「え、いや……なんもない。いや、エロ――」

思わず口走りそうになるも、御崎の冷ややかな目で冷静になる。

「え、ええ、え、えいい綺麗だな」

「どこの方言?　さあて、たどちゃん、おもちゃん行こっか?」

御崎は、二人の手を掴んだ。といってもスライムに手なんてないので、むにゅっと中に入り込んでいる感じだ。

まるでお姉ちゃん、いやお母さん？

「ほら、阿鳥も行くよ」

「はい、お母さん」

次の瞬間、俺はその場で宙に浮いた。


「はにゃー、最高だにゃー」

湯船に浸かりながら、猫のように頬を緩ませる。今にも溶けてしまいそうな御崎。

こうしている時は可愛いんだよなあ。

でも、確かに気持ちがいい。

「お、ここに効能が書いてあるぞ」

「へえ、なんて書いてあるの？」

『魔力が染み出ている温泉です』

血行促進効果。

魔力補充効果。

疲労回復効果。

「ほお、色々あるんだな」

「キュウキュウ♪」「ぷいぷいっ」

おもちとスライムは初めての温泉だからか、テンションが高い。

お湯をかけ合いながら、バシャバシャと遊んでいた。

「湯の中ではしゃいだらダメだぞ」

「キュウ♪」「ぷいっ♪」

しかし止まらない二人。次第にヒートアップしてしまい、お湯が御崎の顔面にかかる。

「……静かにしなさい」

次の瞬間、〝動かしてあげる〟が発動、空中に浮く二人。

「キュウンナサイ……」「ぷいんね……」

もはや日本語喋ってないっ⁉

温泉ではしゃぐ子供と、それに怒るお母さんみたいだなあと思ったが、空中に浮かびたくないので言わなかった。

「そういえば炎の充填、なんて魔法は世界でも確認されてないみたい。管理局にも問い合わせたから間違いないと思う」

「ああ、すまないな。だったら地道に調べてみるしかないか」

魔法管理局とは、世界中で確認された魔法が登記されている機関のことだ。

レベルが上がる、というのはめずらしいが聞いたことのある話。だがそれは個人によって

様々で、俺は『充填』の使い方がわからないでいた。

「急ぐものでもないし、また調べてみるよ」

温泉の気持ちよさにほだされていると、今までの思い出が頭をめぐる。

おもちと出会ってから何もかもが変わった。

初めての配信、会社も辞めて、ダンジョンで魔物を討伐。

社畜の時と違って精神は安定しているが、慣れないことが多い分、疲れもある。

そんな今だからか、温泉の温かさが身体と心にしみわたる。

「のんびりってこんなにも気持ちよかったんだね」

俺と同じことを考えていたのか、御崎がそう言った。ちなみに田所のことをぬいぐるみのように抱きしめている。豊満な胸に挟み込まれている感じで、ちょっと羨ましい。

「阿鳥のおかげだよ。ありがとう」

「いや、俺のほうこそ。御崎といると楽しいよ」

咄嗟に返事をしたが、何とも言えない恥ずかしさがこみ上げてくる。

御崎も同じらしく、頬を赤らめていた。

「……ろ、露天風呂に行ってみるかあ！」

「う、うん。おもちゃん、たどちゃん行こっか？」

何よりもみんな一緒ってのが幸せだ。

「ちょっとサウナに行ってきてもいいか？　御崎はあんまり好きじゃないよな？」

「うんー。じゃあ、たどちゃんと一緒にここにいるう」

「ぷいっー」

露天風呂も楽しんだあと、俺とおもちはサウナへ行くことに。

田所は御崎と仲が良い。もしかしたら名付け親ってのもあるかもしれない。

サウナの扉を開くと、魔物と人間が横並びに座って汗を流していた。

対面にはテレビが設置されていて、フランスから誰かが来日したとか、そんなのが画面に表示されていた。

天井も高いし広いが、このあたりは普通の温泉の設備と変わらないな。

「おもち、敷タオルがいるんだぞ」

「キュウ」

サウナのルールをおもちに教え込む。一時期ハマっていたことがあるのだ。

火耐性（極）があることで人より有利なのと、魔法のおかげで熱いのが気持ちよく感じる。

「あれ、フェニックス……？」

「初めて見た……」

「羽根が可愛いな」

どうやら気づいた人もいるらしい。ただマナーを守っているのか、みんな騒いだりはしない。

タオルを敷いて着席すると、いい感じの熱波を感じた。

火耐性（極）があっても、魔法を調節することで楽しむことができる。

「もしかしてですが……フェニックスですか？」

その時、隣に座っていたおじさんが声をかけてきた。

更衣室でゴブリンと一緒にいた人だ。

「はい、そうです。名前はおもちといいまして」

「キュウ！」

「初めて見ました。凄いですね。あ、うちはゴブちゃんです。名前はそのままですけど、可愛いんですよ」

その隣には、汗だくで今にも倒れそうなゴブリンがいた。手にはこん棒を持っている。

……あれ、武器だよね!?　え、どういうこと!?

「ああ、すみません驚かせてしまって。ゴブちゃん、ちょっと借りていいかい？」

「ゴブゴブッ」

おじさんがこん棒をひょいと取り上げると、俺の膝の上に置いた。

もの凄く軽い。これは浮き輪みたいなものか。

「ゴブちゃん、これがないと落ち着かないんですよ。普段はぬいぐるみを持ってますね。驚かせてすみません」

「あ、いえ⁉　すみません。表情に出てたみたいで」

「いえいえ、こちらこそ驚かせてすみません。でもこれがまた可愛いんですよね」

ゴブちゃんは、俺がこん棒を持っていることに不安そうだった。ごめんねと手渡すと、まるで宝物のように抱きしめた。

やだ……可愛い。

それからすぐおもちとゴブちゃんは仲良くなった。魔物同士で、謎の会話をしている。

「ゴブゴブ？」「キュウキュウ」

微笑ましい光景だが、何を話しているのかは凄く気になる。

「もしかして初めてですか？」

「はい。どうしてわかったんですか？」

「ほぼ毎日ここにゴブちゃんと来てるんですよ。だから知っている人ばかりで」

「そうなんですね。実は先日、ダンジョンデビューを終えまして、ちょっと一息みたいな感じで」

「おおそれはおめでとうございます。そしてお疲れ様です。おもちさんなら凄まじいデビューを飾ってそうですね」

「凄まじい、そうですね。確かに強かったです。ただ、僕は何もできませんでしたが」

見た目通り温和なおじさんだ。ゴブちゃんも大人しくて礼儀正しい。

テイムされた魔物は従者に似るというが、確かにそっくりかもしれない。

そこから話は盛り上がり、なんとおじさんもダンジョンにはよく行っていることがわかった。

失礼だが、少し意外だった。

「申し遅れました。君島英雄《きみしまえいゆう》と申します」

「こちらこそ。僕は山城阿鳥です」

遅めの自己紹介。咄嗟に名刺を探す自分に驚いた。まだ社畜根性が抜けていないらしい。

そしてどこかで聞いたことがある名前だ。気のせいだろうか。しかし、初めてできたテイム友達だと思い、嬉しくなった。話は盛り上がり、俺の魔法の話をした。

「ほう、充填ですか？」

「はい、でも、よくわからないんですよね」

英雄さんは顎に手を当てながら考えたあと、静かに口を開いた。

「ちょっと例えが申し訳ないのですが、ライターみたいなものなんじゃないでしょうか？」

「ライター……ですか？」

「はい、充填とは体内に留めることですよね。それを放出することができるのではと思いまして。すみません、根拠はないですが」

「なるほど……いえ、盲点でした」

それが本当なら凄いことじゃないか？

炎を出せる？　耐性しかなかった俺が？　……思わず、微笑んでしまった。

「それに山城さんは火耐性魔法が弱いと思っているみたいですが、それは違うと思いますよ。能力は使い方次第ですから。すいません、年長者の説教みたいになってしまいましたね」

「いいえ、色々試してみようと思っていたので、いいヒントをいただいた気がします。ありがとうございました」

「でしたら嬉しいです。私はそろそろ行きますね。もしよかったら、おもちさんの写真を撮ってブログに載せてもいいですか？　恥ずかしながら、年甲斐もなく日記を書いてまして」

「ええ、もちろん構いませんよ」

パシャッと撮影したあと、礼儀正しく頭を下げて消えていく英雄さん。

温泉施設だけど水着を着用しているので、スマホも持ち込み可能だ。

今どきは熱にも温水にも強い。

しかしいい出会いだった。でもゴブちゃんって、強いのかな？

限界が来たので外に出る。すると御崎が興奮気味に駆け寄ってきた。

田所は胸の谷間にうずめられていて、色々なガードの役割を果たしていた。

「そんなに急いでどうした？」

「阿鳥、ゴブちゃんと君島さんに会ったの⁉」

「え？　ああ、そうだけど。――って、なんで知ってるんだ？」

「え？　もしかして知らないの？」

御崎は、信じられないといった様子でポケットからスマホを取り出す。

それから画面を見せてくれた。そこには、君島さんとゴブリンが映っていた。

英雄とゴブちゃんの日々、というブログのトップ画面だ。

閲覧数……一日百万ＰＶ⁉　え、えええ⁉

「ゴブちゃんとの日々載せてるんだけど、それが凄く面白くて大人気なんだよ。それに、ほら。ついさっき更新された写真見て！」

そこには、俺とおもちが写っていた。なんかいつもより顔が赤いな。いや、サウナだから当たり前か。

それより、コメントがもの凄く殺到していることに驚いた。

〝おもち可愛い〟

〝フェニックスですか？　すご！〟

〝知ってる。配信者の人だ〟

「……すげえ、みんな知ってくれてるんだ」

「もう帰っちゃったかなあ⁉　サインほしかったー」

「どうだろうなって、これまじか⁉」

まさかのまさか。プロフィール画面に探索者ランクAと書かれていた。


「ぷぃにゅー」

「たどちゃんは何が食べたいの？」

温泉上がり、俺たちは館内着に着替えると、食事処のテーブルを囲っていた。

結局、英雄さんとゴブちゃんは見つからず、御崎はショックを受けていた。

ただ、同じ探索者ならばいつか会うだろう。

「おもち、お腹は空いてるか？」

「キュウキュウ！」

机の上には、人間用と魔物用、二つのメニューが置かれていた。それもビッシリだ。

「さすがマモワールドだ。ってか、もはや魔物用のが美味しそうだな」

一見普通のご飯から魔物用のチュール、カリカリフード、ジュース。

食べ飲み放題まで。まさに至れり尽くせりだ。

「御崎、決まったか？　俺はこのミノタウロスのバーガー風にする」

「んー、じゃあ私はオーガのステーキ風カツレツにしようかな」

注文はスマホで頼むスタイルだ。

ちなみにおもちは、きつねうどんが良いらしく、大盛を頼んであげた。

田所はスルメとカレーらしい。どんな組み合わせだ？

注文を待っている間、今後のことについて話し合う。

「法人化の手続きは終わったから、税金関係は私のほうで処理しとく。とりあえず以前の魔石分は経費ってことでいい？　もちろん、おもちゃんたちの食費はそこから出す予定だけど」

「問題なし。今すぐに必要なものもないし、利益はあと回しでいいよ。ただ、いつかは田舎ででかい一軒家を買いたいなあ。そこでおもちゃや田所と暮らして……ゲーム三昧！　最高だ……」

机に突っ伏しながら未来の妄想をしているとつい笑顔になった。

社畜の時に比べたら、今の生活はストレスフリーだ。けれども、夢を捨てることはしたくない。でもそこで、なぜか御崎が少しだけ不機嫌そうだった。

「ど、どうした？」

「……私は？」

「え、そりゃもちろん一緒にだろ？　いや、まあお隣さんって感じで。まあ俺は一緒に暮らしてもいいけどな⁉　なんて――」

「ふふふ、しょうがないなあ。阿鳥がそこまで言うなら別に構わないよ」

え、マジ⁉　いや、御崎のことだ。言及したら冗談に決まっているでしょって言われそうだ。

でもなんか、すげえ笑顔だな。

「だってさー、たどちゃん」

御崎は田所をひょいと持ち上げた。こうしている時は、ほんとただの美人なんだよなあ。

というか実際、今も周囲の男たちから囁かれていた。

「なあ、あの人めちゃくちゃ美人じゃないか？」

「すげえな……前にいる人は彼氏か？　いや、兄弟？」

「てか、フェニックスだよな？　それになんだあの赤いスライム？」

どうやら俺のことは誰の眼中にもないらしい。いいもんいいもん、俺は必殺技を思いついたんだもん！　いつかびっくりさせてやるんだもん！


「こんにちは、アトリです。そしてミサキもいます」

「はーい、今ここはマモワールドからお送りしてまーす。もちろん、おもちゃんとたどちゃんもいまーす」

〝ミサキちゃんダッー！〟

〝水着姿は⁉〟

〝デートとは羨まけしからん〟

〝マモワールドって噂の魔物と混浴が出来るところか〟

〝最新施設のとこじゃん！〟

料理が届くと同時に俺たちは生配信を始めた。「温泉以外は配信ができるらしいよ」と、御崎が教えてくれたのだ。

突発だったが、コメントがすぐ流れていく。

「あと、前回の赤スライムが僕たちの仲間になってます。名前は『田所』に決定しました」

「キュウ～！」

「ぷいにゅう？」

〝お風呂上り感カワイイ〟

〝田所ってなにｗ〟

〝人名みたいでワロタ〟

〝おもちとの共通点がなさすぎる〟

〝個性的だな〟

「え、ダメだったかな？」

「ぷいにゅっ！」

御崎が落ち込みそうになるも、田所がそんなことないよと言わんばかりに抱き着いた。

その姿が可愛らしく、コメントは大盛り上がりだ。

「温泉には入って来たので、今からご飯を食べるところです」

御崎に料理を映してもらったあと、きつねうどんを食べるおもちを目一杯楽しんでもらう。

もちろん、田所がスルメをしゃぶりつくす姿もだ。

〝可愛い。癒される～！〟

〝魔物飯テロ〟

〝おもちの食べっぷりはいつ見てもいいね〟

〝田所から哀愁を感じて良い〟

その時、チャット欄の右上に見たこともない赤いコメントが表示された。

俺の目が確かなら、一万円と表示されている。

「え、いちまんえん……？」

〝太客だ〟

〝もしかして初スパチャじゃない？〟

〝盛　り　上　が　っ　て　ま　い　り　ま　し　た〟

〝大富豪キター〟

スーパーチャット、略してスパチャは、生放送中の配信者に金銭を送ることができるシステムのことだ。

コメントのおかげで思い出したが、先日無事に収益化の審査に通った。

所謂、投げ銭というやつか。すげえ、ありがたいな。

「ええと、『ＳＵＭ』さん、初スパチャありがとうございます！　コメントは〝田所が欲しい〟ですか？　そう言ってもらえて二人も嬉しいと思います！」

短めだったが、実に好意的なコメントだ。

手に入れたくなるほど可愛いってことだろう。猫とか犬の動画を見ているとそんなコメントばかりだもんな。

しかし驚いたことに、再びスパチャが送られてくる。

またもや『SUM』だ。

次は、御崎が読み上げる。

「『SUM』さん、〝おもちが可愛い〟ですね！　確かに可愛いですよね。でも、たどちゃんも――」

一万円〝たどちゃんもcute〟『SUM』

一万円〝触りたい〟『SUM』

一万円〝モフりたい〟『SUM』

五万円〝揉みたい〟『SUM』

続くスパチャ、さすがに焦り始める。最後はなんと五万円だ。

コメントも驚きを隠せないらしく、謎の『SUM』についての話題で持ちきりに。

「キュウキュウー？」

「ぷいにゅっ！」

二人が画面いっぱいに映ると、さらにスパチャは加速。一般コメントも〝SUMやばすぎ

w〟〝これはパトロン〟〝石油王かな？〟と、興奮気味だ。

しかし、〝待っててね〟とのコメントで唐突にスパチャの連投が終わる。一体どういう意味かわからなかったが、ひとまず大成功だ。

「おもちの可愛さは世界共通かもしれないな」

「キュウキュウ♪」

さて、まだまだ配信楽しむぞ。

「今日はこれで終わります。突発だったけど、集まってくれてありがとうございました」

「はーい、みなさん、またねー！」

一時間ほど視聴者さんと交流した。

俺たちに続いて、おもちと田所が手を振る。

田所は手を模倣してリアルな感じで振っている。いやそれ怖いぞ!?

〝お疲れ様でした。まさか、魔物カラオケ大会を見れるとは思いませんでしたw〟

〝良い物を見せてもらったぞ、アトリ！　ミサキ！〟

〝おもちのコブシの効いた歌が、今も心に染みわたってる〟

〝田所ＤＪが最高だった〟

食事処で突然、魔物カラオケ大会が始まって配信は大盛り上がりだった。

おもちと田所の歌は多くの人々を魅了し、スカウトまでされてしまった。もしかしたら、来年は黒白歌合戦に出ているかもしれないな。

「さて、帰ろっか！　今日もいい日だったね」

「そうだな。こういう日がずっと続けば最高だな」

俺はおもちを抱き抱え、御崎は田所を抱き抱えた。

こうして俺たちの人生初のマモワールドは、笑顔溢れる一日となったのだった。

ただ一つ気になるのは、『ＳＵＭ』って、なんかの略称な気がするんだよなあ……。

◇

「それで俺らはＦ級からＣ級に上がったってわけか。でも確か一個ずつしか上がらないって聞いたことあるぞ」

「特例なんだって。おもちゃんが伝説のフェニックスだからみたいだい」

探索者管理委員会からもらったランク証明書を眺めながら、近くのモンスターカフェでくつろいでいた。

店内は木を基調としたカフェテリアで、テーブルの横ではおもちと田所がスヤスヤと眠っている。

つい先ほど探索委員会に呼び出されて話を終えたところだ。

「まあこれでようやく見習いのスタートってことかしらね。ほとんどおもちゃんのおかげかもしれないけど」

事実、御崎の言う通りだろう。報告の際に教えてもらったが、探索者委員会の中でも、フェニックスことおもちの話題が上がったらしく、それだけでもB級にすべきとの声があったらしい。

とはいえ俺自身はまだまだ新米、それもあってC級で落ち着いたというわけだ。それでもかなりの特例らしいが。

「そういえば、ランクが上がるとメリットなんてあるのか？」

俺の問いかけに、御崎は呆れ顔で答える。

「委員会の説明、聞いてた？」

「昔から長話は苦手で……あと、御崎が聞いてくれてるだろうなーと」

「ここのケーキ、一番高いのって何だったかなー」

「何でもおごらせていただきます」

こんなことならちゃんと聞いておけばよかったと後悔。

そもそもランクが上がっただけで講習が二時間もあるというのが悪い。いやでも、生死にかかわることだし当然か……。

「平たく言えば魔石の買い取り額が上がった。あとは入場制限の時間が伸びたし、入場できるダンジョンの数が増えたってとこね」

「なるほど、めちゃくちゃいいことばかりだな。今ようやく実感が湧いてきた」

「といっても、他県まで行くのは大変だろうから、私たちは近郊限定になるけど、それでも随分と増えたみたい。この三ページ目に詳しく書かれてるわ」

どれどれ、とページをめくる。そこには見たこともない名前が書かれていた。

オーソドックスそうな炎、水、風の魔法ダンジョンに、生産ダンジョン、植物ダンジョン、そして気になるのが——

「この……グルメダンジョンってなんだ？」

「詳しくは知らないけれど、食べられる植物とか、調味料が取れる鉱石、希少な食べ物が獲れるみたい。出現する魔物も凄く美味しいらしくて、腕利きの魔物ハンターがこぞって入場してるらしいわ」

「ほお、世はまさに大探索者時代ってか。そういえば、S級探索者ってのはそんなにヤバイのか？」

委員会の説明で、S級探索者は特別なので、彼ら、あるいは彼女らと出会ったとしても気軽に声はかけないでくださいと言われた。その理由は、変わった人が多いとのことだ。

同じ探索者なのにそこまで言われるとは、一体どんな人たちなのか。

気になってネットで調べてみたらとんでもないことが書かれていた。

化け物じみた強さは当たり前で、中には一国を滅ぼした人がいるとか。え、マジ？

「現在、探索者のライセンスを持っている人は世界で三十万人以上、その中でS級は十人にも満たない。これでわかるでしょ？」

「確かに……それはやべえな。俺と違ってすげえ魔法持ってるんだろうなあ」

「戦争すらも止められるって聞いたことがあるわ。そういえば先日、日本にS級の少女が来日したとか噂になってたはずよ」

「一日でS級に到達した異例の子供か。そういえばそんなニュース、サウナでやってたな。まあ、一生会うことはないだろうけど」

知れば知るほど、探索者ってのは凄まじい世界だな……。

ただ、当初の夢であるのんびりスローライフはゆっくりとだが近づいてはきている。

動画の収益化も可能になったし、ランクも上がって買い取り額も増えた。

ちなみに最近のマイブームは、寝る前に田舎の物件を見ることだ。

おもちと田所はもちろん、これからもし魔物が増えたとしてもいいように大きな家を探している。

それがけっこう楽しい。まだ買えないが、想像するだけで楽しい。

そういえば――。

「御崎は何かしたいこととか、夢とかあるのか？　俺は前に話した通り、大きな家を買ってのんびり暮らしたい。農業とかにも興味あるしな」

「うーん、今のままでも幸せだからねえ。まあでも、おもちゃんとたどちゃんと暮らせたらもっと幸せかも」

少し困ってから、眠っている田所を持ち上げながらえへへっと笑う。

それって俺とも一緒に暮らすことにならないか、と思ったがあえて言わなかった。

四人で田舎暮らしか、悪くない、いや、最高かもしれないな。

その時、近くのハンモックで寝ていたおもちが声を上げた。

「キュウ？」

少女が、おもちの羽根に触れている。

髪は真っ白で、ピンク色のリボンを付けている。

白いワンピースに身を包んでいるが、後ろ姿だけ見ると中学生くらいだろう。

その歳で、おもちの可愛さに気づいてしまったら、もう抜け出せなくなるぞっ！

「キュウキュウ！」

「……そっくり」

少女はおもちをツンツンしながら小さな声を漏らした。イントネーションからすると、生粋の日本人ではないようだ。

御崎も気づいたらしく、微笑ましく二人で眺めていた。

まるで猫カフェ、いやおもちカフェ。田所はまだ御崎の膝で寝ている。

「もしかして……フェニックスなの？」

「ん、ああそうだよ。よく知ってるな。名前はおもちって言うんだ」

「……おもち」

「可愛いだろ？」

「うん、凄く可愛い。凄く」

おもちは目を覚ますと、寝ぼけ眼で少女に抱き抱えられた。

結構重たいのに、よくそんな力があるな。

「キュウ？」

すると少女は「……柔らかさも同じ」と呟く。

一体何の話だと思っていたら、驚いたことにおもちを抱き抱えながらカフェを飛び出した。

唐突な出来事に固まってしまい、御崎と顔を合わせる。

「「え？」」

おもちが奪われた、盗まれた、いや誘拐されたことに気づく。

すぐに追いかけようと御崎に声をかけ、俺は思い切り地を蹴った。

「御崎、支払いは頼んだぞ！」

「ちょっと、阿鳥――」

後ろから聞こえる御崎の声をよそに、外へ飛び出した。テイムした魔物は、なんとなくだが位置がわかるようになっている。

おそらくおもちは、ここへ来る前に見かけた公園方面だ。

しかしなんでおもちを⁉ てか、誰だ少女《あいつ》⁉

曲がり角を曲がった時、少女を発見した。おもちは暴れているが、少女は構わずぬいぐるみのように抱き抱えている。

しかし、変だ。おもちの力はかなり強い。それをあんな華奢な少女が抑え込んでいるというのか？

「おい、おもちを返せッ！」

後ろから声をかけたが、振り返らずまっすぐに走り去ろうとしている。

悪戯にしちゃやり過ぎだぞ……。

さすがにこれ以上許すことはできない。

俺は先日覚えた、〝炎の充填〟を解放する為、足に集中させた。

（ぶっつけ本番レベルだが、頼むぜ）

足に火耐性（極）魔法を集中させると、身体中に充填されていた炎が、一か所に集中した。

思い切り加速し、周りの景色がとんでもなく速く移り変わる。

（く……すげえはええが、バランスが――）

あまりの速度に驚きつつも、なんとか少女の肩を掴むことに成功。

「いい加減にしろっ――って、は⁇」

だが次の瞬間、視界が切り替わったかのように天と地が逆になった。

違う、空中に吹き飛ばされたのだ。

「阿鳥っ！」

「ぷいにゅ～！！」

そこに現れた御崎が、〝動かしてあげる〟の魔法を発動し、俺をキャッチ。

何が起こったのかわからないが、あやうく地面に叩きつけられるところだった。

だがそのおかげでおもちは逃げ出せたらしく、天高く舞い上がっていた。

「どういうことだよ……」

「阿鳥、大丈夫⁉」

「ああ、油断するな。この少女、普通じゃない」

俺の言葉に呼応するかのように、ようやく振り返る少女。

その顔は……どっかで見たような。

ハッと気づいた瞬間、御崎が声を漏らす。

「嘘でしょ……」

少女の目はぱっちり二重で、髪は真っ白で柔らかく風で揺れている。

何よりもその顔は、フランス人形のように美しい。

だが俺は〝この子を知っている〟。

「私が間違えるわけない。……あの子を……返して！」

半べそで駄々をこねながら涙を拭うのは、小さな少女。

だがたった一日でダンジョンを制覇し、一躍有名人となった。

フランスから来日した、S級探索者――セナ・雨流《うりゅう》・メルエットだ。

「何を勘違いしてるんだ？　おもちは俺の家族だ」

「――違う。……わからないなら力づくで奪い取るんだから」

その瞬間、彼女の身体からあり得ないほどの魔力が漲った。

おもちを絶対守ると覚悟を決めた俺が、たった数秒で逃げ出したいと考えてしまうほどに。

世界各地で出現したダンジョンには、探索者委員会により難易度が指定される。

基準は各国の連携によって統一されており、ランクによって入場が可能である。

F級：初心者。護衛が必要なレベルの探索者で、一人での入場は認められていない。

E級：下層で戦える能力を持っている。

D級：下層で戦える能力を持ち、アイテムを収集することが可能。

C級：中層で戦える能力を持ち、価値のあるアイテムを収集することが可能。

B級：中層で戦える能力を持ち、非常に価値のあるアイテムを収集することが可能。

A級：中層から上層で戦える能力を持ち、価値のあるアイテムを収集することが可能。

そしてさらに上が、S級だ。

彼らは上層で戦える能力を持ち、非常に価値のあるアイテムを収集することができるだけではなく、単独でダンジョンを制覇することができる。

そしてS級とA級には、決して超えられない壁が存在する。

これは〝世界共通認識〟である。

そしてそのS級探索者、セナ・雨流《うりゅう》・メルエットが目の前に立っていた。

俺に敵意を向けて。

「――あの子は渡さない」

思わずあとずさりしそうになるほど、彼女の身体から、湯気のように魔力が溢れていた。

おもちの強さに慣れた俺でも考えられないほどの力が伝わってくる。

だが――逃げるわけにはいかない。

「田所！」

「ぷいにゅー！」

俺の言葉に呼応して、田所は炎の剣に変身した。メラメラと燃え上がり、その熱波が雨流の肌に突き刺さったのだろう。

不敵な笑みを浮かべる。

こいつ、戦いが好きなタイプか！

「ファイアスライムが相手でも……私は負けない」

「……お前、ファイアスライムを知ってるのか？」

ファイアスライムのことはネットでも情報はない。それを知っているということは、やはりS級なのだろう。

何を勘違いしているのかわからないが、我を忘れているかのようにも見える。

おもちは上空で様子を窺っているが、俺の指示で動いてくれるだろう。

極力その場にいてほしいが、力を借りることになるかもしれない。

「阿鳥、油断しないで」

「ああ、てか、あいつの魔法はなんだ？　気づいたら天地がまっ逆さだったぞ」

「それが……わからないのよ。千の魔法を扱うとも聞いたことがあるわ」

千の魔法？　一体どんな魔法だよ。

「まあつまり、何もわかんねえけど強いってことか」

「そういうことね」

そして気づいたら、周りに人だかりができている。

だだっ広い公園だが、俺たちを取り囲むように様子を窺っていた。

「あれ、セナちゃんじゃない？」

「ほんとだ、お人形さんみたいで可愛いー」

「おい、上空にいる鳥、燃えてないか⁉」

どうやら雨流は有名人らしい。まあ、俺が知っているぐらいだからそうか。

おもちのことも騒がれつつある。逃げ出したいが、後ろから攻撃されるかもしれない。

「大丈夫だよ。もっちゃん、こっちおいで！」

その時何を思ったのか、雨流は天に手を翳した。いや、おもちに向かって手の平を向けたのだ。

次の瞬間、おもちは自由が利かなくなったのか引っ張られていく。

な、なにをしているんだ⁉

「キュ、キュウ⁉」

「ほら、おいで。お家に帰ろう？」

炎のブレスを吐くには周りに人が多すぎる。おもちもそれをわかっているのか、手を出そうとはしない。

……仕方ない。雨流の能力はわからないが、戦うしかない。

小さな少女といえどもS級探索者だ、俺が全力を出しても死ぬわけがないだろう。

って、そんなこと言ってらんねーな。

「御崎、援護は任せたぜッ！」

思い切り地を蹴って距離を詰め、雨流に田所ソードを振りかぶる。

しかし雨流は、空いているもう片方の手の平を俺に向けた。

「な⁉　が、があああぁっっっっ⁉　く――」

次の瞬間、俺は地面に思い切り叩きつけられる。背中にもの凄い衝撃、いや誰かが乗っているような感覚に陥った。

「なんだなんだ⁉　すげえ、大変なことになってるぜ！」

「何が起きてるんだ⁉」

周囲がさらに騒ぎ立てている。

もしかして御崎の魔法と同じ……か？　かろうじて動く頭部で上を見上げると、おもちがゆっくりと雨流に引っ張られている。

そして、俺が雨流の攻撃でやられてしまったと思ったのか、おもちが今までに聞いたことがないような、怒りからくる金切声をあげた。

それに驚いたのか、雨流が身体をビクっとさせた。するとふっと背中の衝撃が解ける。

そのタイミングで、御崎が〝動かしてあげる〟の魔法を発動、俺の身体を強制的に起こしてくれた。

「キュウウ、ピイイイイイイイイイ！」

おもちは思い切り魔力を貯めている。間違いない、炎のブレスを雨流に放つつもりだ。だが、周囲には一般人が多い。

「おもち、まずいぞ！　ここでは！　俺は大丈夫――」

「ピイイイイイイイイ！！！」

次の瞬間、嘴からありえない威力の炎のブレスが雨流目がけて発射された。

正直、目を疑った。

昼間にもかかわらず光が溢れ、太陽光が突きつけられているかのように熱波が空気を温め、一瞬で真夏のようになる。

同時に、ブレスが空気を切り裂いて乾いた音を響かせた。

慌てて雨流に顔を向けると、茫然と目を見開いている。

S級といえども、あれほどの威力に驚いたのだろう。

間違いない、彼女は死ぬ。

「御崎っ！　俺を雨流のところまで吹き飛ばせ！」

「え!?　何をするつもり!?」

「はやく！！！」

突如、背中から圧力がかかって、思い切りぶっ飛ぶ。

そのまま通り過ぎそうだったが、田所ソードを地面に突きさし、雨流の前に立った。

「おい、下がってろ！」

雨流を突き飛ばし、炎の耐性（極）を極限まで向上、両手を広げた。

「ピイイイイイイイイイイイイ！！！！！」

そして俺は炎のブレスを――身体で受け止めた。

倒れ込んでしまうと、まき散らされた炎が周囲に飛び散ってしまう。

「す……げえ威力だな……くっ……」

それをわかっていたので、なんとか踏み留まろうと必死に食らいついた。

奇跡的に受け止めることはできたが、足に炎が伝達するかのように焼けてしまい、地面から焦げ臭い匂いが漂う。

直後、脳内にアナウンスが流れる。

『炎をフル〝充填〟しました』

今それはどうでもいい……が……。

地面に膝をつくと、おもちが着地。俺の体に寄り添って傷を舐めてくる。

「キュウキュウ……」

「はっ、大丈夫だよ。ありがとな」

「ぷいいいいいいいいいいいいい」

田所も急いで俺の体にくっつくと、すりすりしてくれていた。御崎も駆け寄り、心配そうに声をあげた。

その隣では、俺に吹き飛ばされて尻餅をついた雨流がいる。

御崎は鋭い目つきで顔を向けた。

「あんたのせいで死ぬところだったじゃないの！　この子は阿鳥の家族のおもちゃんなの！　よくわからないこといって、S級ならしっかりしなさい！」

まるでお母さん。いやでも、そんな怒ったら矛先がまた俺たちに――。

「うぐ……うっ……うう……うぁぁあああああ、ごめんなさい、ごめんなさい。だって、もっちゃんだと思ったんだもんあああああああ。ずっとあいだぐてあいだぐて」

突然泣きじゃくって叫び出す。嘘泣きかと思ったら、ガチ泣きしている。

まじでなんなんだ……？　もっちゃんって誰だ？

その時、ハッと思い出す。

スパチャの名前――『ＳＵＭ』。

Ｓ・セナ。

Ｕ・雨流。

Ｍ・メルエット……？　まじか？

しかし炎のブレスの破壊力が段々と効いてきたのか、意識が薄れていく。

「く……」

「阿鳥、大丈夫⁉」

……って、誰だあの人……？

「セナ様っ！　やりすぎです！」

最後に見えたのは、どこぞの執事みたいな髭を蓄えた渋いおじさんが駆け寄って来る姿だった。


太もものような柔らかさを感じる。

凄くいい匂いがして、まるで母親に包まれているかのようだ。

これは……膝枕だ。

夢見心地だが、御崎で間違いないだろう。

ああ見えて優しいもんな。

にしても太ももって、こんなぷにぷにしてるん……だな……。

「ぷいにゅー？」

「…………」

目覚めた瞬間、田所が部分的に太ももに擬態していたことに気付いた。

って、擬態する必要なくないか？

「……って、Ｓ級！」

バッと起き上がると、そこは見慣れた場所。――自宅だった。

「うっ……うう……起きた、起きたよかったああああああああ」

そして俺の目の前で号泣しているのは、セナ・雨流・メルエット。

なんで、なんでこいつがここに？

「おはよう。阿鳥、よく寝てたね」

「キュウキュウ～」

そしてテレビを見ている御崎。あまり心配していなさそうだった。

「おっ、打った打った！」

「キュウ！」

「ごめんなざいいいいいいいいいいいい……」

逆だろ、普通……。


「はい、セナちゃん、ハンカチ」

「あ、ありがとう……」

雨流はずっと泣き続けていたが、御崎が優しくしてあげて、ようやく落ち着きはじめた。

記憶が少しあやふやだったが、おもちを奪おうとしたことだけは覚えている。

正直怒鳴ってやろうと思ったが、ずっと泣き続けていたのだ。

冷静に見るとただの子供だし、なんか可哀想になってくる。

おもちも怒っていないらしく、なんだったら雨流に寄り添っていた。

「本当にごめんなさい……もっちゃんに似ていて、それで勘違いして……」

「そういえば、もっちゃんって誰だ？」

なんか言っていたな。そもそもSUMって絶対こいつだろ……。

親はどうした、躾はどうした⁉　てか、なんか執事みたいなのが最後にいたような――。

「私から説明させていただけませんか？　山城様」

「へ？　う、うわあああああああ⁉」

俺の真横に、いつのまにか執事のようなおじさんが立っていた。

口に白いひげ、武骨な顔立ち、歴戦の勇士みたいなたたずまい。そういえば、最後に見たおじさんだ。

「な、なんでここにいるんだ⁉　ってか、誰だよ⁉」

「申し遅れました。私《わたくし》、ヴィル・佐藤・エンヴァルトと申します」

「佐藤……？」

何もかも頭に入らない状況で、佐藤という馴染みのある言葉だけはすんなりと入る。

どうみても見た目は外人のおじさんなんだけど……。

「阿鳥、聞いてあげて」

いつもは厳しい御崎がそう言ったので、俺はしぶしぶ二人の話を聞くことにしたのだった。

「……なるほど」

「ぐすん……ごめんなさい……本当に悪いことをしたってわかってます……」

「私からも謝罪致します。大変申し訳ありませんでした」

色々と話を聞かせてもらった。申し訳なさからか、深々と頭を下げる二人。

雨流は、幼いころに『もっちゃん』という鳥を飼っていた。といっても、厳密には魔物らしいが。

何をする時もいつも一緒、二人はずっと仲良しだった。だが『もっちゃん』は、突然いなくなってしまった。

たまたま動画で見つけたおもちがそっくりだったらしい。

それから毎日配信を見て、気持ちが高ぶってどうしても会いたくてたまらなかったとのこと。

ただカフェにいたのは本当に偶然で、奇跡だと思い我を忘れてしまったらしい。

「理由はわかった。だが、お前のやったことは一つ間違えれば犯罪だ」

「はい……」

とはいえ俺も幼いころ、犬を飼っていた。いなくなった時の辛さはよくわかっているつもりだ。

しかし、やっていいことと悪いことがある。子供でも許されないことを雨流はしたのだ。

そこはしっかりわかってもらわないといけない。

普通なら、警察に突き出してもいいくらいだ。

だが――。

「おでこを出せ」

「え？」

「ほら、出せ」

「は、はい……」

俺は、それなりの強さでデコピンをした。雨流は「痛いっ」と声をあげて、額をすりすり。

おもちは、雨流に駆け寄って羽根を寄せてすりすり。

「おもちが許してやると言ってるから今回だけは勘弁してやる。だけど許したのはお前が子供だからだ。もう二度と悪さをするなよ」

「はい……わかりまぢだ……」

人は失敗する生き物だ。最近は一度の失敗で全てを失わせたほうがいいという過激な世の中になってきているが、俺はそうは思わない。

失敗を重ねて人は成長していく。

最近まで真面目に会社員をやっていた俺も、昔は悪いことをしたことがある。そんな俺も何度も許してもらった。

彼女にも、その権利はある。

まあ、おもちが許してあげているのが大きいけどな。

「じゃあ、うどんパーティーでもするか」

「……うどん?」

「ああ、最高に美味しい食べものだ」

そうして俺たちは、仲直りしたのだった。


ダンジョンは未だ謎に包まれている。

最上層、もしくは最下層にはボスが存在し、それを倒すことで跡形もなく消えてなくなる。

だが、需要のあるダンジョンはそのまま残されることが多い。

グルメダンジョンなどはいい例らしい。豊富な資源により、誰もあえて制覇しない。

だが上級ダンジョンと呼ばれるものは、魔物も強く、そもそも危険度が高すぎる。

そうなると弱肉強食が加速、最悪の場合、凶悪な魔物が外に逃げ出してしまう。

過去にダンジョンスタンピートと呼ばれる事件があって以来、明らかに異質なダンジョンは制覇だけを目的とされていた。

そしてその役目は、S級やA級によって世界各地で行われている。

「――ってことはつまり、雨流はダンジョンの制覇の為に日本に来たってことか？」

雨流の執事、ヴィル・佐藤・エンヴァルトこと、佐藤さん（そう呼ぶことにした）が丁寧に教えてくれた。

「左様でございます。ですが、セナ様のおてんばが過ぎまして……大変申し訳ありません。別の場所に出向いていて遅れてしまいました。心からお詫び申し上げます」

「おてんばねえ……」

御崎は昔から子供好きだったこともあり、今は雨流と一緒におもちや田所と遊んでいる。

こうしてみればただの子供にしか見えない。

「雨流、おもちが好きか？」

「え？　うん……」

「ただおもちは俺の家族なんだ。もっちゃんじゃないが、会いたくなったらいつでも来ていいぞ。こんな家で良ければだけどな」

「ほんと？　やったああああああ！」

「キュウキュウ！」

おもちを抱きしめてぐるぐると回転する雨流。

S級っていっても、ただの少女だ。

「ふふふ、じゃあ視聴者さんもそれでいいかな？」

「はい？」

よく見ると御崎はスマホを魔法で動かしていた。

コメントが——流れている。

「って、配信⁉」

〝ようやく気づいたｗ〟

〝アトリの大人なところを見てしまった〟

〝こんな家で良ければ歓迎するぜ〟

〝多分ドラマとか好きなタイプ〟

〝酔ってそう〟

〝おもちは俺の家族なんだ〟

〝人は失敗する生き物、泣けた〟

〝正直、めちゃくちゃ格好よかった〟

〝主、お前が好きだ〟

「いつから……」

「あなたがセナちゃんと公園で戦ってた時も撮影してたのよ。まあ、証拠というか、何かあった時の為だったけど、反響が凄くて……」

「反響？」

アーカイブになっているのを別のスマホで見させてもらうと、視聴回数がとんでもないことになっていた。

以下、コメント抜粋。

〝S級とおもちが戦ってる⁉〟

〝やべえ、おもちが奪取される〟

〝セナちゃん可愛いよセナちゃん〟

〝アトリ強くなってない？〟

〝ミサキが子供を泣かしている〟

〝子供っていってもS級だがw〟

数えきれないほどだが、とにかく盛り上がっていた。

てか、ニュースに載っているとも書いてある。

「ニュースって？」

「セナちゃんが来日したってテレビで放送してたでしょ？　それでまあ結構話題になってるみたいで」

「そういえば……サウナのテレビで映像も見たな。S級はそれだけ凄いのか」

こんな子供が？　と雨流に視線を向けたが、おもちと田所と無邪気に遊んでいる。

確かに見たこともない魔法を使っていた。手を翳すだけで引き寄せたり捕まえたり……。

てか、もう流石に——

「今日は疲れたから何も考えたくない……」

いつまでも考えるのはよそう。いい加減、スローライフがしたい。

それからも雨流はおもちと遊んでいた。

ずっと。

ずっとずっと。

いや、いつ帰るんだよ⁉

「おい雨流」

「おもちぃ～！　へ？」

雨流の頭を掴むと、不思議そうに首を傾げた。

「そろそろ帰りなさい」

「泊まっていこうかと……」

「ダメだ。布団がないし、なにより俺もおもちと田所と遊びたいんだ」

「えー、そんな意地悪な……」

「そうよそうよ、阿鳥はケチなんだから」

〝ケチ〟

〝夜中も配信してくれ〟

〝アトリが外で寝ればよくないか？〟

コメントも言いたい放題だ。

佐藤さんはテーブルに座ってコーヒーを飲んでいる。そのお洒落なカップ、うちに置いてないんだけど、どこで買ってきたの？

「今日はもう疲れたから解散！　おじさんは寝るの！」

ありとあらゆるところからのブーイング、そしてカップのカチャカチャ音が鳴り響いていた。


「それでは失礼します。山城様、セナ様と遊んでいただき、ありがとうございました」

結局、それから数時間も粘られてしまった。生放送は今までで一番の盛り上がりだったのが少し気に食わない。

「おもち、田所、またね。また会いに来るからね！」

「キュウ！」「ぷいいいいいいい」

「抱き合って感動の別れみたいにするな。今日会ったばかりだろ」

ちなみに御崎は酔って潰れているので、俺の布団でぐーすかぐーすか。

「そういえばどこに帰るんだ？　フランスからってことは家とかないんじゃないのか？」

もしかして……だから、泊まりたかったのか？

気を遣って、俺にそれを言えないんじゃ――。

「ブルルルル」

しかし突然現れる長い車。めちゃくちゃでかいリムジンだった。

見たこともないほどツヤツヤしている。

「あ、お迎えがきたわ」

「『あ、お迎えがきたわ』、じゃない。何だこの車」

「私の車だけど、どうかしたの？」

「どうかしすぎてるだろ」

俺は自転車しかないのに！

執事なんていることからすぐに考えればよかった。雨流金持《こいつ》ちだ……。

「それでは失礼します」

佐藤さんがドアを開けて、雨流が中に入るのを待っている。振り回されて佐藤さんも大変そうだな。

今度ゆっくり話でも聞かせてもらおう。

「あ」

去り際、雨流が声をあげて固まる。そして振り返る。

「……あーくん、ありがとね。いつでも来ていいって言われて嬉しかった。また遊んで」

「あーくん……？」

頬をぽっと赤らめながらサッと車に入っていく。

阿鳥だから、あーくん？

「ご迷惑をおかけしてすみませんでした。今後、何かありましたらいつでもお申しつけくださ
い」

「ありがとう。まあでも、雨流の躾を頼んだぜ」

「痛み入ります。それでは」

そうして嵐のように去っていった。おもちと田所は泣いていたが、絶対悲しくないだろうと
疑いの目で見てしまった。

まあでも雨流も性根は悪いやつではなさそうだ。

S級は狂っていると聞いたことはあるが、あんな子供でもなれるなら俺もなれるかもしれな
い。


しかし翌日、朝一のニュースで俺は思い知った。

「まじかよ……」

テレビに映っていたのは、大きなダンジョンだった。

俺でも知っている、小さな子供でも知っているだろう最強最悪の『死のダンジョン』。

そこにいるモンスターは浅瀬ですら狂暴凶悪で、過去に死者が数百名いると聞いたことがある。

なんとA級でもパーティーを組んでやっと入場が認められるとか。

「モンスターが活発化し、危険だと言われていた死のダンジョンですが、今！　なんと制覇された模様です！　それもほんの数時間で！　なんと、たったの数時間です！」

レポーターの男性は興奮気味で叫んでいた。テレビのテロップがピピピと鳴り響き、速報でS級の〝二人〟が死のダンジョンを制覇したと流れていた。

そして崩れ落ちるダンジョンから現れたのは――。

「疲れたーっ、おもちと田所に会いたい……」

「そんなすぐに会いにいっては怒られますよ」

魔物の返り血を浴びた雨流と、スーツに皺一つ、返り血一つない佐藤さんだった。

◇

「準備はいいか？　武器は持ったか？　防具は完璧か？　そして――お腹はペコペコか⁉」

俺の問いかけに、おもち、田所、御崎は左手をお腹に、右拳は天高く突き上げた。

「ぺこりんちょーっ！」

「キュウキュウ！」

「ぷいぷいっー！」

既に配信は始まっている。コメントが鬼のように流れていく。

〝グルメダンジョン編きたあああああ〟

〝腹減り軍団ｗ〟

〝セナちゃんはいないのか〟

〝おもちおもちおもち！〟

〝田所の活躍が楽しみ〟

〝お腹を鳴らせー！〟

〝てか、予約よく取れたなｗ〟

テンションは最高潮だ。いま俺たちはグルメダンジョンの前に立っている。

入り口からは既に甘い香りが漂っていた。もの凄く食欲がそそられて、胃袋が暴れそうだ。

「しかしほんとよく取れたな御崎。予約でいっぱいだったんだろ？」

「動画の撮影も兼ねてるっていったら是非にって。あとは、おもちゃんとたどちゃんのおかげっ！」

「おかげって？」

「再生回数見せたら、一発でオッケーだったからね」

さすが御崎、交渉が得意だな。

俺もあとから調べてみたが、魔物でさえも食べられるとのこと。

だがその土地を所有しているのは、大手食品会社で、誰でもウェルカムというわけじゃなかった。

完全予約制で何年も先も埋まっており、さらに入場料も高い。

ただそれでも人気は凄まじく、難易度が低いこともあって子供から大人までが行きたい観光地ベスト三に毎年ランクインしているとのこと。

「だが、ダンジョンには変わりない。注意しつつ、それでいて腹いっぱい食うぞ！」

入り口の甘い匂いがする水晶に手を翳す。そして俺たちの視界が切り替わった。


「ここが……グルメダンジョンか」

「なんか……普通だね？」

俺と御崎が唖然とするのも無理はなかった。

所謂、一般的なコンクリート風の狭いダンジョンという感じだ。以前のダンジョンは草原だっただけに、喜びがあまりない。むしろ、ちょっと不安だ。

いや……くんくん、くんくんっ。いや、何だこの匂いは。

視覚に頼るのではなく、嗅覚を研ぎ澄ませると、食欲をくすぐる匂いが香ってくる。

一体どこから――。

「キュウキュウペロペロ」

「ぷいにゅーっ！」

慌てて周囲を見渡すと、一心不乱に壁を舐めているおもちと田所がいた。

「え、な、何してるんだ!?」

〝壁舐めてるｗｗｗ〟

〝何だこの映像ｗ〟

〝茶色の壁？　何か流れてない？〟

〝もしかしてこれ!?〟

コメントで気づいた人もいるらしいが、俺も匂いで確信を得た。

映像では伝わらないのが歯がゆい。とはいえ、身体で見せればいい。

同じことを考えていたであろう御崎と顔を見合わせて、無言で頷く。

二人で近づいて、舌をんべっと伸ばした。

「ぺろ……これは……うまいっ、チョコレートだ！」

「んまっ……最高っ！　美味しいっ！」

〝チョコなんかいっ！ｗ〟

〝すげえ、こんなのあるのか!?〟

〝これが、グルメダンジョン⁉〟

壁の上から下までチョコレートが滝のように流れている。名づけるなら、チョコレートウォール。訳がわからないが、理解する必要もないだろう。

山は登る。川は下る。チョコレートウォールは舐める。

濃厚な旨味が口いっぱいに広がっている。

なんとなく場所を移動して舐めてみたら、少し苦味を感じた。その隣は凄く甘い。

なるほど、壁の箇所で味が違うのか。

「んまいっぺろぺろぺろ、ここは天国だな、ぺろぺろぺろ」

「そうね、ぺろぺろぺろ、最高だわっぺろぺろぺろ」

俺たちは一心不乱に壁を舐めていた。多分、配信は凄いシュールだろう。

〝何だこの配信ｗｗｗｗ〟

〝面白すぎる〟

〝これが噂の壁舐め一族か〟

〝楽しそう！　俺も混ざりたい〟

少し胃が満たされたところで、俺たちは前に進むことにした。

当然のことかもしれないが、俺たちの身体はもうチョコレートまみれだ。

だがこんなこともあろうかと前掛けをしていた。

ありがとう前掛け、ありがとう前掛け！

〝赤ちゃん軍団ｗ〟

〝何だこれと思っていたが、伏線回収ありがとうｗ〟

〝もう腹いっぱいなんじゃないかｗ〟

その時、悪魔的発想が脳裏に過ってしまう。

「よく考えたら、別の人が壁を舐めてる可能性ってあるんじゃないのか……？」

しかし、御崎は微笑みながら首を横に振った。

「グルメダンジョンは雑菌もすべて排除されるらしいわ。だからこそ人気なのよ。つまり、いくらぺろぺろしても大丈夫。注意項目にも、ぺろぺろし放題と書いてあったわ」

「ぺろぺろ最高だな」

なんともまあ都合のいいダンジョン。だが最高のダンジョン。

まっすぐ狭い通路を進んでいく。微量の魔力を行く先に感じて足を止めた。

これは魔物だ。いくら美味しいとはいえ、ダンジョンということを忘れてはならない。

「みんな、油断するなよっ！」

俺はリーダーとして仲間に声をかけた。一応、まだリーダーだったよな？　いや、そうであってほしい。

俺たちはパーティーだ。誰一人欠けてはいけない。そう、円を描くピザのように美しくありたい。

……なんか変なことばっかり言っているな俺。

「阿鳥、よくみて！」

御崎が叫んだ。俺は注意深く前を見つめる。次第に現れたのはスライムだ。だが、なんだか黄色い……イエロースライム？　いやこの匂い——はちみつか⁉

「はちみつスライムだわ。身体が全部濃厚な蜜でできていて、ここでしか食べられない希少価値の高い魔物よ」

「最高じゃないか、でも……」

俺は田所に視線を向けた。これって、あれじゃないか？

共食なんちゃらってやつになるだろ？　さすがにそれは道徳的に——。

「ぷいぷいっー！」

次の瞬間、容赦なくスライムを一撃で倒す田所。はちみつスライムはしぼんでいき、田所は亡骸をぺろぺろと舐めはじめた。

「ぷいぷいっっ♪」

「あ、そういうの気にしないんだね。そうだよね、美味しかったら関係ないよね」

田所は、至高な表情を浮かべる。おもちも駆け寄り、嬉しそうにぺろぺろ舐め始めた。

うんうん、今日はいっぱい食べようね。

〝弱肉強食すぎるｗ〟

〝美味しそうな田所が何より〟

〝お腹空いた……〟

それからもはちみつスライムが出てきた。驚くほど弱かった。

なのに味は最高。このダンジョンが人気なのも頷ける。ちなみに持ち帰りは有料だが、可能だ。

「次だ！　まだまだ食べるぞ！　じゃなかった、行くぞお前たち！」

「キュウ♪」

それから俺たちは、手あたり次第に食べていく。視聴者が色々教えてくれるので、危険なものには触れないようにした。

「このキノコ……んまいぞ！」

『マグマキノコ』

ダンジョン内部に生息するキノコの一種。外見は通常のキノコと似ていますが、赤黒い色をしており、触れると熱くなります。食べると、ピリッとした辛さと独特のコクがあります。

「キュウキュウ！　キュウー！」

『アイスバター』

ダンジョン内の寒冷地帯に生息する昆虫から採れる濃厚なバター状の食べ物。そのまま口に含むと、まるでアイスのように滑らかにとろけ、豊かな風味が広がります。非常に溶けにくく、長時間その味わいを楽しめるのが特徴です。

「この果実、美味しいわあ」

『エンチャントベリー』

ダンジョン内部に生える小さな実の一種。食べると、心地よい甘さと香りが広がり、食後にはリフレッシュ効果があります。また、特別な魔法がかかっているので、食べたあとに一時的に魔力が高まるとされています。

「ふー、満腹だ」

それから数時間後、お腹は何倍にも膨れ上がっていた。

思わず地面に倒れこんでしまう。魔物は素手で倒せるレベルしかいなかった。油断はしていないが、危険度はやはり低いみたいだ。

「キュウ……」「ぷにゅー」「く、苦しい……」

みんなも同じで一歩も動けなくなっていた。

袋には食材をいっぱい詰め込んでいる。次の予約はいつ取れるかわからないしな。

「これだけあれば当分は幸せに浸れそうだ」

〝シンプルに羨ましいw〟

〝白ご飯食べながら配信見てました。僕もお腹いっぱいです〟
〝バターまみれになってるところが面白かったw〟
〝飯テロ動画すぎた〟
その時、スパチャの音が鳴った。それも連続で。
名前は――『SUM』。
五万円〝ズルい〟『SUM』
五万円〝なんで私を誘ってくれなかったの？〟『SUM』
五万円〝私も行きたかった〟『SUM』
五万円〝うぇえええええん〟『SUM』
〝メンヘラキター〟
〝なんで誘ってくれないって、もしかして繋がってる？〟
〝女性っぽい〟
ちなみにSUMは、やはり雨流だと佐藤さんから教えてもらった。
親の金をつぎ込んでいるのかと思い焦ったが、きちんと自身で働いたお金らしい。
S級はそれこそ億万長者もいると聞いたことがある……凄いな。
でも、ここまで高額のスパチャは連打しないでほしい。これは今度注意しておくか。
ありがとうと伝えたあと、配信を閉じることにした。

今度、雨流も誘ってあげるか。

「さてお腹いっぱいになったし、今日は帰りますか」

「はーい」「キュウキュウ」「ぷいっ！」

やっぱりダンジョンは最高だな！

第三章：庭にダンジョンができたのだ。

「ふわあああ、ねむ……」

翌朝、ダンジョン疲れもあってか、いや満腹だったせいかいつもより遅く起きた。

持ち帰ってきた食材は、あまりにも疲れていたので庭に置きっぱなしだ。夜は冷えているので大丈夫だと思うが、さすがに朝は危険だな。

ベランダから外に出る。一番大きな木の下に置いたのだが……あれ？　ない。ない。ない。――ない⁉

「え、盗まれた⁉　いや、まさか……誰がわざわざ食材を盗るんだ？」

その時、鼻腔をくすぐるいい匂いがした。これは――。

「美味しそうな……匂い……？」

家の庭はそれなりに広い。

そして壁の近くで、大きな穴を見つけた。中を覗き込んでみると、階段のようなものができている。

まるで、ダンジョンの入り口みたいだ。

この先から美味しそうな匂いが漂っている。

「……嘘だろ？」

ただ微量な魔力も感じる。間違いなくダンジョンだ。

どういうことだ？　食材を置いていたからできたってことか？

魔物の声はしないが、奥に何がいるのかはわからない。

おもちゃ田所を起こすか？　炎の充填は切れている。俺一人では危険かもしれない。

いやでも、嫌な魔力な感じはしない。

勇気を出して、スマホのライトを片手におそるおそる穴に入っていく。回りは茶色い土だと思ったが、よく見るとチョコレートだ。

指に取って舐めてみたが、カカオの豊潤な味がする。

……てか、うまっ。

なぜ入り口が階段になっているのかは気になるが、それよりも驚いたのは、下りた先に大きな広場のような場所があったことだ。

天井も高くて、まるで天然のテニスコートだ。

見たところ魔物はいない。地面は普通の土らしい。

学校で畑仕事を手伝う授業があったが、なぜかそれを思い出す。

「気持ちいいな……」

外から涼しい風が入ってくる。いい匂いで、落ち着く。

なぜこのダンジョンができたのかはわからない。

けれどもなんだか懐かしく、その場に寝っ転がっていたら――うとうとしてしまった。


「キュウウウウウウウウ！」

「ぷいぷいっ」

「……んっ……」

目を覚ますと、おもちと田所が元気に走り回っていた。あれ、眠ってしまっていたのか。

というか、二人も気づいたのか。

「はっ、楽しいかお前ら」

さながら運動場だ。普段、家の中では動き回れないし、飛ぶこともできない。

ここはそういう意味では最高の場所だな。

高さもあるので、おもちも羽根を伸ばすことができる。

その時、壁を舐めている女性を見つけた。

いや――ぺろりんちょ御崎だ。

「ここのチョコレート美味しい……。てか、ここなに？　なんでグルメダンジョンが庭に？」

「本物の御崎か？　いや、食いしん坊だしそうか」

「もの凄く怒るわよ」

「初めて聞いた言葉だな」

家には用事があって来てくれたらしく、庭から声がして中に入ってきたそうだ。

原因はわからないが、ことの顚末を御崎に話した。

「……それで魔物がいないからってすぐ寝ちゃったの？　危機管理能力さすがにゼロすぎない？」

「だって気持ちが良くて……」

「まあ、そういうところが魔物に好かれるのかもね。のんびりしてるところが」

「そ、そうかなー？　あっははは」

「褒めてないけど」

「はい……」

「まあいいわ。でも、これから気をつけてね」

ありがとう御崎お母さん、とは言わないでおいた。

それからおもちと田所とかけっこをした。

そんな中、御崎はスマホで何か調べたり、土を触ったり、チョコレートを舐めたりしていた。

なんかごめん。

「もうわかってると思うけど、やっぱりグルメダンジョンで間違いないわ。正しくはミニグルメダンジョンかしら」

「まあ確かに、状況的に見てもそうだよな。でも、魔物がいないのはなんでだろう」

「それはわからないわ。でも、ある意味不安定なのかもね。魔物がいないってのは」

なるほどなあと答えつつ、壁のチョコレートを少し舐める。ここにいたら太りそうだ。

「これってどうなるんだ？　所有権というか、管理というか」

「ダンジョン管理委員会ってのがあるから、そこに申請する必要があるみたいね。魔物が強いと政府の管理下になるらしいけど……ここはいないしね」

「そうじゃない場合は？　もしかして……」

「その土地を持っている人が所有者になる」

つまり俺はミニグルメダンジョンをゲットしたってこと⁉　タダで⁉

……いや、チョコレートダンジョンか？

「なるほど……でも、チョコレート以外は何もないもんな。おもちと田所の運動場と思えばいいか」

そう言ったあと、ハッと自分がさっき考えたことが脳裏に過る。

まるで畑みたいだ――。

土を触ってみると、あらためて手触りがいいと思った。

これなら――いけるんじゃないか。

「まあそうね。チョコレート美味しいし、いいんじゃない？」

「なあ御崎、ここに畑とか作れないかな？」

「……畑？　大根とか、キャベツとかってこと？」

「それもだが、グルメダンジョンから取ってきた食材を植えたら、同じように生えたりしないかな？　あそこには色々あっただろ？」

「それは無理よ。実際、やった人がいるわ」

「でもここは一応ダンジョンだ。普通の畑とは違う。可能性はあるだろ？」

想像の段階だが、そうなったら面白いと思った。

ただもしそれが実現すればとてつもないことになる。

もしかして販売することも可能なんじゃないか？

好きなことをして、好きに働く。そして誰かに喜ばれる。

それこそが、俺の求めていたスローライフだ。

「確かにね。でも、そうなると管理が……コストが……人手が……」

それからぶつぶつと何かを考えこむ御崎。俺は知っている。こうなった時の彼女は頼りになる。会社でも、経理やらなんやらすべて彼女が行っていたのだ。

「そうね。育つのかどうかはやってみないとわからないけど、もしできたら……大金持ちよ！　億万長者だわ！」

「はっ、億万長者か」

俺は横目でおもちと田所を見た。そこまでは望まないが、二人が苦労せず、それでいて楽しく遊べる場所を提供したい。

質のいいフード、幸せな住環境、俺がもし事故で亡くなったとしても暮らしていけるだけの金銭的余裕。もちろん、仕事を辞めてもらった御崎に対しても。

「そうだな、そうしよう。昔、畑を手伝ったことがあるんだ。ダンジョン管理委員会とやらの申請が終わったら、俺と一緒にやってみよう」

御崎は俺の顔を見て、微笑みながら頷いた。

そして――。

◇

「キュウウウ！」

「ぷいぷいっ！」

おもちと田所が、俺の背中に勢いよくぶつかってきた。

僕たちも、という感じだ。

「はっ、ごめんごめん。そうだよな。みんなで作ろうか」

そうして俺たちは、庭にできたミニグルメダンジョンを開拓していくことを決めた。これから忙しく、そして楽しくなりそうだ。

「すごーい！　ひろーい！　おもち、田所、おいでーっ！」

「キュウキュウ♪」

「ぷいぷいーっ！」

庭にできたミニグルメダンジョンの申請の為、ダンジョン管理委員会に連絡した。

後日、危険性の確認をする必要があるので人を送るとのことだった。

だが現れたのは、S級探索者のセナ・雨流・メルエットと、その執事であるヴィル・佐藤・エンヴァルトさんだった。

「なんで雨流が……」

御崎は管理手続きの為に、直接委員会に出向いてもらっているので留守だ。

「魔物については私たちが一番よく知っています。なので、手の空いたS級、もしくはA級が行うことになってるんですよ」

「まあ、理屈はわかるけど……佐藤さんはともかく、雨流はちゃんと見てくれてるのか？」

佐藤さんもといヴィルさん、いやエンヴァルトさんがふっと微笑む。

「確かに以前の行いは少々悪戯が過ぎましたが、本来は真面目なお方です。それにセナ様は魔力に敏感なので、あれだけ無邪気に遊んでいるということは、何も問題はないでしょう」

「ま、おもちと田所も喜んでるし、別にいいんだけどな。ただ、もうあんなことにはならないように見張っといてくれよ」

「固く約束させていただきます」

深々と頭を下げる佐藤さん。

てか、この人もS級だったらしい。世界で十人にも満たないんじゃないのか？　そんなホイホイ出てきていいのか……？

どんな魔法を持っているのか聞きたい、ちょー聞きたい。でも、失礼に当たるって聞いたことがあるからなあ……。

「それでダンジョンの申請は下りそうかな？」

「問題ないでしょう。むしろフェニックスやファイアスライムの住環境としてこれほど安全な施設もありません。運動もできますし、何かあった時の避難場所としても最適です」

言われてみればそうだな。おもちと田所が可愛すぎて忘れていたが、どちらも魔物としては危険度が高いのだ。

ひとまずほっと胸を撫でおろす。俺もあれから色々調べてみたが、政府から立ち退きを命じられる、なんてケースもあるらしい。

そうなった場合、この家を引き払うことになっていたので、それは嫌だった。

「しかし、なんでできたのかわかるかな？　食材を庭に放置していただけなんだが」

「ダンジョンについては未だにわからないことのほうが多いのが現状です。といっても、この家にはおもちさんや田所さんがいらっしゃいます。そのことがまったくの無関係とは思えませんね」

「結局、何もわからないってことか」

「残念ながらさようでございます」

ま、雨流もおもちゃ田所も楽しそうだし、最高の形っちゃ形か。

「あれ？　なんでセナちゃんとヴィルさんが？」

その時、御崎が戻ってきた。

手には大量の袋を抱えている。

「一堂様、またお会いできて恐悦至極に存じます」

「おかえり御崎。早かったんだな。どうだった？」

「書類を事前に用意してたからスムーズだったよ。あと、頼まれたもの買ってきたけど」

「さんきゅっ――ってええええええ」

俺は御崎から袋を受け取ると、あまりの重さにその場で倒れそうになる。

「ぐぎぎぎぎぎ、重っ！」

「魔法で軽くしてたからね、あ、ヴィルさんもありがとうございます」

「力仕事はお任せくださいませ」

軽々しく持ち上げる佐藤さん。うーん、やっぱりS級は違うな。

それから御崎に二人がいる理由を話すと、縁があるねえと呟いた。

縁か……。だったら最大限利用させてもらおうか。

「三ねーん、魔物組ー！　全員集合！　ぴぴーっ！」

「キュウ？」

「ぷいっ？」

「なになにーっ？」

金七先生ばりに前髪をかき上げて叫ぶ。

その時、荷物を取り出したヴィルさんが、ふと微笑んだ。

「なるほど、これは面白いですね」

「以前の借りを返してもらおう。最初が肝心なんでな」

俺は取り出した小さめの鍬《くわ》を、雨流に手渡した。

彼女は首を傾げながら「なにこれ？」と呟く。

「阿鳥家庭菜園の第一歩だ」

〝なにこれ、どういう状況？〟

〝セナちゃんだー！〟

〝なんでみんな並んで鍬《くわ》を構えているの？〟

〝ここどこ？　なにこれ？〟

〝説明はよｗ〟

〝ミサキ可愛い〟

〝ダンジョン？〟

突発的な配信だったのと、場所と状況がよくわからないので、視聴者が困惑している。

審査も無事終わったので、庭にグルメダンジョンができたことを説明すると、みんな驚いていた。まあ、俺もまだ飲み込めてはいないが。

〝すげえｗ　そんなことあるんだ〟

〝チョコレート食べ放題だあぁ〟

〝でも、今から何するの？〟

今から行うことを説明しようと思ったが、行動で見せたほうが早いだろう。

「お前ら、アトリリーダーに続け！」

「キュウキュウ！」

「ぷいにゃー！」

「畏まりました」

いい返事をするおもちと田所、佐藤さん。

だが少しだけ不満そうな二人。

「おもちと遊んでたかったのにぃいー！」

「私は経理担当なんだけど……」

タイトスカートで鍬《くわ》を持っているミサキは意外に可愛いな。

だが雨流、君だけは我儘を言う資格はないぞっ。

〝もしかしてこれはｗ〟

〝始まるぞ！　掛け声の準備だ！〟

〝横並びの理由は特にないんじゃないかｗ〟

コメントを聞きながら、鍬《くわ》を大きく振りかぶる。

さっそく畑を作ることにしたのだ。昔の知識だけじゃ足りなかったので、わざわざ本まで買ってきた。

「はい、せーのっ！　一！　二！　三！」

俺の掛け声に合わせて、一斉に土を耕しはじめる。その絵面はかなりシュールらしく、コメントも盛り上がっていた。

〝おもしろすぎるｗ〟

〝Ｓ級がクワもって農業？ｗ〟

〝アトリ、お前、偉くなったな……！〟

〝おもちの知能レベルどうなってんだ。可愛すぎるだろ〟

〝田所の体にクワが入り込んでるぞｗ〟

農業は甘くない。汗水を流して一生懸命やって、ようやく実がなるものだ。

初心者の俺たちが初めから成功するとは思えない。だが、みんなで力を合わせれば可能性はある。

「掛け声が小さいぞ！」

「キュウ！」「ぷいっ！」「これはなかなか堪えますね」「もおおっ経理担当なのにい」「しんどいよお」

うん、チームワークバラバラだな。

〝これは世界を救えないダメンジャーズｗ〟

〝とりあえず眺めとくか〟

〝本人たちが楽しそうならよし〟

〝おもちが可愛ければよし〟

疲れがくると無言が続いた。御崎は魔法を使いたいと言ったが、俺が却下する。

決して楽をしてはいけない。

雨流も魔法を使いたいといったが、よくわからないし怖いので却下した。

佐藤さんは楽しいと言っていた。この人のことは好きだ。

おもちと田所は後半泣いていた。魔物も頑張ればしんどいらしい。ごめん。

そうして数時間後、人数のおかげと、そこまでダンジョンが大きくないということもあって立派に土を耕すことができた。

視聴者にも、家庭菜園を作っていずれは販売したいということを説明した。

それに伴いコメントも加速した。

気づけば登録者数は十万人を超えている。今の同接は五万人だ。約半分の人がリアルタイムで見ているのだから驚きだ。

〝魔物がいたら災害だったけどいないから利用するってことか〟

〝にしてもそれが畑ってｗ　斜め上の発想杉ｗ〟

〝立ってるものはＳ級でも使え〟

〝ミニグルメダンジョンの需要凄そう〟

中には農業に詳しい人もいて、肥料だったり、こうしたほうがいい、ああしたほうがいいと色々と教えてもらった。

おかげで随分と楽だった。畑は広場の端なので、おもちゃや田所が遊ぶスペースもきちんと確保されている。

「も、もう動けない……」

「私も……ダメ」

どさっとその場で座り込む雨流と御崎。そういえば雨流は子供だった。さすがにやりすぎたか？と思ったが、死のダンジョンを制覇しているぐらいだから大丈夫だろう。

さすがに俺も疲れたので、配信も終えることにした。

〝ありがとう、今日も楽しかった〟

〝これからの畑に期待！〟

〝コンテンツが増えていくのはいいね〟

〝セナちゃんと佐藤さんの質問コーナーもしてくれ〟

〝それはいい案だ。お疲れ様でした〟

質問コーナーか、なんか楽しそうだな。いつかやってみよう。

その場に座り込むと、佐藤さんが声をかけてくれた。

「山城様、お疲れ様でした」

「いや、こちらこそ。佐藤さんがいたおかげでなんとかチームワークが保てましたよ」

「そう言っていただけると嬉しいですね。しかし、ミニグルメダンジョン、楽しくなりそうです」

「ひょんなことからって感じだが、上手くいってくれるといいな」

俺たちは満身創痍だが、佐藤さんは息一つ切らしていない。何気に一番凄いんじゃないのか？

そういえば、テレビでも返り血一つなかったもんな……。

「それにセナ様も嬉しそうでした」

「本当か？　すげえ嫌そうだったけどな」

「いえ、私にはわかります。それに、山城様や一堂様のことを心から信頼しているのがわかりました」

「ほんとかなあ。そういえば遅くなったし、雨流の親にも感謝を伝えておきたいんだが」

「……ご両親はいらっしゃらないんです。色々と家庭環境が複雑でして、私の口からはすみません」

「なるほど……すまなかったな」

「とんでもございません。凄く楽しかったですよ。私も、きっとセナ様も」

子供がＳ級で探索者になるだなんて、普通ではありえない。

佐藤さんとは随分親しいみたいだが、執事だもんなあ。

いずれ話を聞いてみたいが、話してくれるのを待つとするか。

あと、ねえどんな魔法使っているの？って聞きたい。

もうなんだったらすぐに聞きたいけど。我慢我慢。

「身体も汚れたし、みんなでマモワールドいくか。俺がおごってやるぜ」

「キュウキュウ♪」

「ぷいにゅー！」

御崎も喜んでいたが、雨流は首を傾げる。

「マモワールドって？」

「ふふふ、きっとセナちゃんも楽しいと思うよ。むぎゅー」

「はわわ、御崎さん⁉」

雨流をぎゅーと抱きしめる御崎。

姉妹か、それとも親子か——いやこれは殺されるからやめておこう。

このあと、俺たちはマモワールドへ行ったのだが、おもちと田所の人気が凄まじく、さらに雨流と佐藤さんがS級ということがバレてしまい、もの凄く大変なことになったのだが、これはまた別のお話である。

◇

「畑の様子を見に行くか」

昨日のマモワールドは楽しかったが、疲れてしまった。

おかげで昼まで寝てしまったものの、充実感のある寝起きだ。

庭にミニグルメダンジョンがあるからだろう。

「キュウキュウ♪」

「ぷいっ♪」

おもちと田所は既に起きていたらしく、二人でイチャイチャしていた。

最近仲良すぎるので少し嫉妬。ズルいぞ！

ダンジョンの入り口にはドサッと袋が置いてあった。中を覗き込むと、大量の肥料や準備物だ。

そしてグルメダンジョンで収穫できるありとあらゆる〝種〟が入っていた。

ご丁寧にメモも貼られている。

『ご用意しておきました。山城様には返しきれないご恩がありますので』

「さすがだ。仕事が早いな」

昨晩、御崎とグルメダンジョンを育てるにあたって種が欲しいなと話し合っていたら、佐藤さんが用意しますと言ってくれたのだ。

雨流のことで散々と迷惑をかけたので、それくらいはさせてほしいと。

だがまさか翌日に置いてくれているとは思わなかった……いつ寝たんだろう。

それともう一つ、『精霊を放っておきました』と書かれていた。……どういうことだ？

「お、おもちありがとな」

あまりにも多かったのを見かねてか、おもちも持ってくれた。力持ち凄い。

もちろん、田所も。

三人で中に入っていく。

そこに広がっているのは昨日と変わらない景色――。

「……ん、どういうことだこれは」

天井がホワホワと光っている。

少し暖かい感じで、何かに似ている。

これは……太陽光か？

火耐性（極）があるおかげで、熱の種類がなんとなくわかる。

もしかして精霊って……。

急いでスマホで調べてみると、精霊は火、水、地、風からなるもので、ダンジョン内に生息しているらしい。

日の当たらない場所でもダンジョン内に水や植物が存在するのは、そのおかげだという。

「これが佐藤さんの言っていたことか。でもどうやって持ってきたんだろう……？」

便利だなあと思いつつ、謎の精霊に感謝する。ホワホワ漂っている感じだが、原理はよくわからない。

「せっかくだし配信もつけてみるか」

御崎には今日も手続きの為に管理委員会に出向いてもらっている。

ミニグルメダンジョンを作る作業が視聴者的に面白いかどうかはわからないが、彼女がいなくてもできるところを見せておくか。

『ミニグルメダンジョンを作っていく。作業用BGMを添えて～おもちと田所も～』
＊作業がメインなので反応薄めです。
＊ミニグルメダンジョンを作っています。
＊主は農業の経験は少ししかありません。
＊豆知識あったら教えてください。
「今日は肥料を撒いていくぞ！」

「キュウキュウーっ！」「ぷいにゃー！」

〝注意点が多いなw〟

〝お、昨日の続きだ！〟

〝今日は久しぶりにアトリだけか。頑張って！〟

〝ミニグルメダンジョン楽しみ過ぎる〟

〝こういう動画って何気に世界初じゃね？〟

スマホスタンドで定点だが、いつも通りコメントは読み上げ機能を使っている。

世界初……なのか？　そう言われると凄いことをしている気分になるな。

「はいっ、はいっ、はいっ」

世界初、ダンジョンで等間隔に肥料を土に撒いていく。

マグマキノコ、クリスタルフルーツ、どれもダンジョン産のものだ。

「はいっ、はいっ、はいっ！」

〝地味すぎてワロタ〟

〝この配信ループしてないか？〟

〝アトリの喘ぎ声が響き渡っている〟

〝落ちます〟

〝おもちと田所もちゃんとやっていて可愛い〟

世界初とはいえ凄く地味らしい。でもまあ、そうだよな。

だが農業ってのはこんなもんだ。

よく見ていたテレビでも「男は黙って腰を曲げ、肥料を撒き、水を注いで、愛情を与えろ」って言っていた。

俺はその言葉が好きだ。何チャンネルでやっていたのか忘れたけど。

「うおおおお、おもち、田所、頑張るぞ！」

「キュウウウウ」「ぷいにゅううううう」

コメントは少なかったが、俺たちの仲はより一層深まった気がした。

「ふう、ぺろぺろぺろぺろ」

「キュウペロペロペロ」「ぷいっぺろぺろぺろ」

休憩中は壁のチョコレートを舐める。

この壁も場所によってカカオの濃度や味、液体度が違う。

俺は苦めが好きなのでビターなところを、おもちは甘いところを、田所はドロドロの液体部分を好んで舐める。

〝壁舐め三人衆〟

〝奴は壁舐めの中でも最弱〟

〝シュールすぎるｗｗ〟

〝チョコレートで汚れてるのか、土で汚れてるのかわからないｗ〟

精霊が放つ光も畑を輝かせてくれていた。

というか、自動でこんなことしてくれる精霊って凄くないか？

その時、微かに何かが聞こえた。

声のような、声じゃないような。

「ん……？」

〝どうしたアトリ〟

〝何かあったの？〟

〝急にキョロキョロしてる〟

どこだ？　どこから……聞こえる？

「……れー……せー……」

目を凝らしながら畑の横にある岩に近づいていく。

「……らせー……らせー……」

何だ、何の声だ？

「光らせー！　照らせー！　耕せー！　せー……ふえええええ!?」

「え、えええ!?」

「ふえええええ!?」

驚いて叫んでしまったが、俺よりもびっくりしている小さな小さな、本当に小さな女の子がいた。

緑色の服を着ている様な、身体が緑っぽいような不思議な感じで、髪も緑色だ。

背中には羽根のようなものが生えている。

「ふええええええ／／／／」

「だ、誰ですか？」

どうやら極度の恥ずかしがり屋らしい。と言うか、何しているんだ？

スマホを片手に持っていたので、どうやら配信にも映っていたらしい。

〝え、小人!?〟

〝未知の生物⁉　いや、未知の小人⁉〟

〝魔物？　いやでも人型すぎるな〟

〝可愛すぎる幼女〟

〝危険はなさそう〟

手のひらサイズで可愛いが、光らせって……？　っと、怖がらせているみたいだ。

「大丈夫だ。危害は加えないよ」

「ほ、本当ですか⁉」

「ああ、安心してくれ」

少女は、というか幼女はホッと胸を撫で下ろしたかのように息を吐く。

何か……可愛いな。

てか、もしかして――。

「間違ってたらすまんが、もしかして精霊……か？」

「ふぇふぇえええええええ//////　そ、そうです」

なぜだか知らないが恥ずかしいらしい。もじもじとしている姿も――可愛い。

てっきり天井の光が精霊だと思っていたが、そうじゃなかったのか。

「佐藤さんが連れて来てくれたってのは君？」

「さとうさ……ん？　あの、ダンディなおじちゃまですか？」

「そうそう、ダンディなおじちゃまだよ」

言葉遣いがちょっと変わっているが、いい子そうだ。

「はい！　死のダンジョンが崩壊して死にかけたところを、おじちゃまに救っていただきました！　こんな素敵な場所ももらえて、もうサイコーです！」

なんか元気な子だな。……死のダンジョンにいたという情報は少し怖いが。

「死にかけたところをってのは？」

「あ、えええと、申し遅れまちた。あたち、ドライアドっちという精霊なんでちゅが、所謂人間界はあたちにとって瘴気まみれの酸素多すぎ問題なのでちゅ。だからあたちはダンジョンが凄くサイコーなんでちゅ！」

「なんか変わった喋り方だね」

「えへ、えへへ////」

褒めていない褒めていない。いやでも喜んでもらえてなによりだ。

話をまとめると、ドライアドっちは、ダンジョン内だと居心地が良いということらしい。

「それで俺の畑を育ててくれていたのか」

「はいっ！　あたちの住環境を整えてくれた恩返しをしたいのでちゅ！　アトリちゃま！」

「あれ、なんで名前を？」

「ダンディなおじちゃまから教えてもらいまちた！」

「なるほどな。ドライアドっちは何してたんだ？」

「光と水を使って畑の成長を促し、ｐＨバランスの確保、肥料と有機物の配合、畝を整えたり、Ｈ２Ｏ濃度を確保したりでちゅ！　ちゅみません、これぐらいしかできなくて……」

いや、十分凄くない!?　ｐＨバランスって何!?　おじさんわからないよ!?

とはいえここで「え？」なんて言うのは恥ずかしい。出会いってのは最初が肝心だ。

ここはそうだな。見栄を張っておこう。

「……俺もｐＨバランスは凄く大事だと思う。これからもよろしく頼む。俺も君の環境をよくする為に全力を尽くすよ」

「ご、ご主人ちゃまああああああ／／／／／」

嘘ついてごめん。でも、ありがとう。

〝ドライアドっち、嘘をつかれてるぞ！〟

〝絶対知らんだろｗ〟

〝もろバレすぎるｗｗ〟

〝弄ぶのよくない！〟

読み上げ機能、ちょっと静かにしなさいっ。

それからもドライアドっちは元気にミニグルメダンジョンで頑張ってくれた。

おかげで発芽し、想像の何倍も早い速度で下地が完成しそうだ。

だが後日、『幼女をこき使うおじさん』『見栄を張るおじさん』『ｐＨバランスおじさん』『幼女に嘘をつくアトリ』

という切り抜き動画が公開され、嘘つきおじさんとして、ぷちぷちぷち炎上した。

……ぐすん。

以下、ウェキペディアで調べたｐＨの意味。

土壌ｐＨとは、土壌中の水素イオン（Ｈ＋）の濃度を表す指標の一つで、酸性度とアルカリ度を示します。

ｐＨの値は〇から十四の範囲で表され、七が中性、七未満が酸性、七より大きいものがアルカリ性を表します。

土壌ｐＨは、土壌中の栄養素の可溶化度や微生物の活動性、根の吸収力などに影響を与えます。

畑や庭園などで植物を育てる場合には、植物に合ったｐＨの土壌を選定することが重要です。

多分、スクスク育つ為に必要なこと、と俺は認識したのだった。

◇

「すみません、一番大きな家ってどれですか？　ベッドはキングサイズだと嬉しいのですが」

「お調べしますね。ちなみにお伺いしたいのですが、お子様のご年齢はおいくつでいらっしゃいますか？」

俺は数十年ぶりに、おもちゃで有名なトイザラソに来ていた。

店内にはありとあらゆるゲーム、おもちゃ、ぬいぐるみが陳列されている。

誰もが子供のころここで遊んだことがあるだろう。そして駄々をこねたことがあるだろう。

かくいう俺も一人で来て、体験おもちゃでよく遊んでいた。

「確か……四百歳とか言ってたような……」

「はい？　よんひゃ……？」

明らかに怪訝そうな顔をする店員。俺はハッとなる。

「あ、すいません。とにかく大きければ大きいほどいいです」

「は、はあ……？　わかりました。ではこちらへどうぞ」

ふう、あやうく変人扱いされるところだった。

今の気持ちは新米パパだ。子供たちにプレゼントを買ってあげるパパ。

そういえば子供たちの姿が見えないな。

「キュウキュウ？　キュウキュウ！」

「ぷいにゅーっ！　ぷいぷい！」

音の鳴るほうに視線を向けてみると、ジェソガをしている二人がいた。

それも器用にバランスを保ちながら、レベルの高い試合をしている。

「もう人間じゃん……」

思わず呟いてしまう。

ちなみに負けたのは田所だった。

「キュウ！」

「ぷい……」

パパ的にはどっちも大勝利だよ！　可愛いからっ！


「よおし、パパ帰るゾー」

念願のプレゼントを購入した。

ただ、想像の何倍も大きかったのと何倍も高かった。

最近のおもちゃってのはギミックが凄い分、値段もそれなりなんだなあ。

世のパパ、ママは苦労しているな……。

「キュウキュウ」

「ぷいぷい」

「どうした？　おもちゃで変形ロボットを見て覚えたって？　だから、それに乗せてやる？」

なぜか知らないが、意思疎通レベルが上がってきている。いや、田所のジェスチャーが上手くなってきているだけかもしれないが。

なんと、ついさっき遊んでいたロボットになれると言い出したのだ。

「ほ、ほんとか？」

「ぷい、ぷいにゃー！」

すると田所が、みるみるうちにガチャガチャと謎の金属音を響かせながら、おもちと合体しはじめた。どこから鳴ってんだその音⁉

そしてできあがったのは、身長七十センチぐらい、顔が田所のロボットだった。おもちはコックピットにいる。

「すげえ……やるじゃないか！」

「ぷぷー！」「キュウン！」

でも、どうみても乗り込むところがない。

「もう完成してないか⁇」

すると田所は、足をぽんぽんと叩いた。

……え？　つかめってこと？

「うわああああああああ⁉」

俺は今――人生で二回目の飛行を楽しんでいた。いや、楽しんでいるか？

名付けるなら田所ロボット改おもちｖｅｒ・ｗｉｔｈ阿鳥。

と言っても俺は足を掴んでいるだけで、手を離したら落ちるが。

これ、乗っているって言うのか？　コックピットにいるおもちがどいてくれたらよくないか
ああああああああああああ⁉

風が吹き、俺はあやうく吹き飛ばされそうになった。

「ママ、あれなにー？　おじさんがロボットの足に掴まってるー」

「見ちゃダメ！　あれは会社を辞めてテイムした魔物と遊んでるニートおじさんなんだから！

ほら、トイザラソの袋を持ってるでしょ。きっと子供部屋おじさんなのよ！」

「はーい、ママー」

なんか遥か下でとんでもないことを言われている気がする。

気のせいだったらいいんだが……。


「調子はどう、え、な、なにこれ⁉」

「照らせー！　輝かせー！　発芽せー！　ふえぇ⁉」

ミニグルメダンジョン内に入ると、ドラちゃん（長いのでこう呼ぶことにした）のいつもの
元気な声が聞こえた。

いや、それとは別に驚いたことがある。

想像の何倍、いや何十倍以上も、畑や植物がにょきにょきと生えているのだ。

それに心なしか広くなっている気がする。

「凄いな……全部ドラちゃんが？」

「あたちの功績というよりは、ダンジョン内の魔力が良いからでちゅね！　素晴らしいでちゅ！」

「なるほど、でもあんまり無理するなよ」

「はい！　あれ、その手にあるやつなんでちゅか？」

「ああ、ドラちゃんの家だよ」

「……家？　え、えふえええ!?　しゅごいですううう」

ふふふ、驚くのはこれからだぜ。実はダンジョンに入る前、配信を付けていた。

タイトルはこうだ。

『アトリ、ドラちゃんを白い液体に沈めてみるドッキリ』

〝キター！　初ドッキリ？〟

〝なんか不穏なタイトルだな〟

〝大丈夫か？〟

〝なんか過激じゃない？〟

「おはようこんにちはこんばんは、どうもアトリです」

いつもと違ってコメントが不安そうだった。少しやりすぎたかと思ったが、たまには趣向を凝らしてみるのもいいだろう。

「今日はいつも頑張ってくれている精霊ドライアドっちこと、ドラちゃんに、ドッキリを仕掛けたいと思います！」

そして、今だ。

「ご主人ちゃま、これはなんでちゅか？」

俺は、ドヤ顔でトイザラソの袋からおもちゃ――いや、一軒家を取り出した。

「頑張ってくれているご褒美にお家を買ってきたよ。ほらドラちゃん」

「おうちでちゅか⁉　凄いでちゅ！」

〝あれ、ドッキリの雰囲気が変わってきたぞ〟

〝懐かしいｗ〟

〝白い液体はなんだったんだｗ〟

今回コメントは読み上げ機能がついていない。ドラちゃんには前に動画の配信をしていいか伝えたが、好きにしていいですと言われている。

〝これってもしかして？〟

〝懐かしいｗ〟

どんっとドラちゃんの前に家を置く。そうなんと、俺が買ってきたのは、女の子が大好きなリコちゃん人形の家だ。

店で売っていた一番大きいサイズ。ドラちゃんは凄く小さいので、広々と暮らせるだろう。

二階建て、風呂にトイレ、バスタブまで付いている。

ちなみにベッドはキングサイズ。さらに家具付きだ。

ドラちゃんは多分女性、というか女の子風貌なので、喜んでもらえると思った。

最近のは凄く凝っていて、玄関もしっかりと開閉ができる。

ドラちゃんはおそるおそるドアノブをひねる。

「はわはわわわ、なにこれ素敵、素敵、素敵ですぅ！」

「ははっ、そうだろ。喜んでもらえて良かった」

〝なんだ、良いドッキリじゃないかｗ〟

〝びっくりしたｗ　これはアトリナイスすぎる〟

〝喜ぶドラちゃん可愛い〟

〝夢の一軒家！〟

「ここに住んでいいんでちゅか？」

「もちろんだ。あとで手ごろな場所に置いておくよ」

「やったでちゅ！」

普段、眠る時は地面に寝転んでいると言っていたが、彼女にもプライベートがあったほうがいいだろう。そこで、ドラちゃんは湯船を見つけ、首を傾げた。

俺は、ビンを取り出す。

「これはなんでちゅか？」

「ああ、それはな――ドラちゃん、服を脱いでくれるか？」

〝ふぁっ⁉〟

〝ど、どうした突然⁉〟

〝この動画、大丈夫か⁉〟

「え、えええ⁉」

俺を信用してくれたドラちゃんは、物陰でこそこそと脱ぎ始める。当然、動画には映していない。

ドラちゃんは木の枝みたいなのを身体に巻き付け、肌を隠していた。もちろん俺は脱ぐところを見ていない。ここ重要です。

「では、白い液体を入れていきます」

俺は湯船に白い液体をゆっくりと流し込む。いい香りだ。肌もツルツルになると言われているものを厳選した。

そう、誰もが一度は夢見る『ミルク風呂』だ。

「はわはわ、なんでちゅかこれは⁉　良い匂いです！」

「どうぞ、入ってみてくれ」

「はいっ！　――あ、気持ちいいでちゅ」

「良かった。喜んでもらえて」

ちゃんと人肌、いやドラ肌に温めておいた。

昔アニメで見たが、ずっと羨ましいなと思っていたのだ。ドラちゃんにはこれからもお世話になるだろうし、ダンジョン内でしか生きられないという彼女にとって住居は大切だ。

ご主人ちゃまとして、相棒ちゃまとして、住環境を整えてあげるのは当然のこと。

ついでに視聴者にも喜んでほしかった。

〝なるほど、白い液体ってこういうことかｗ〟

〝ミルク風呂羨ましい〟

〝ドラちゃんの恍惚な表情で白米いける〟

ドラちゃんへのサプライズプレゼントは大成功。コメントも最後はみんな喜んでくれた。

これはあとの話だが、おもちと田所が欲しいとねだってきたので、ジェソガを買ってあげたのだ。

どうせなら動画にしようと初めて撮影し、投稿。それはなんと五十万再生を超えた。

しかし悪意ある切り抜きがそれを超えてしまう。

『悲報、フェニックスの飼い主。史上初、精霊のドライアドにセクハラ』

確かに少し過激なタイトルだったが、肌は見えていないし、ドラちゃんには喜んでもらえた。

魔物がセンシティブ判定を受けたという前例もないらしいが、御崎に怒られて消すことになった。

連日の炎上、配信者って難しいな。

「ご主人ちゃま、ありがとうごじゃいまちた！」

まあでも、ドラちゃんが喜んでくれたからそれでいいか。

第四章：楽あれば苦ありなのだ。

「凄い、凄い、凄い、凄いいいい！」

「セナちゃん、落ち着いてね。あんまり走り回ったらダメよ」

「はい！」

雲一つない晴天、とある田舎まで電車でやってきた俺たちは、ミニモンスター放牧場と書かれた看板の横を通っていく。

雨流が目を輝かせながら、御崎ママの手を強く引いた。

「あんまりはしゃぎすぎるなよー」

……って、たまの休みに遠出する親子かて！

「キュウキュウ」

「ん？　ああ、わかった。でもあんまり遠くへ行くなよ」

「ぷいーーっ！」

もちろん、おもちと田所も一緒だ。久しぶりに空を楽しみたいらしく、おもちが田所を乗せて空高く舞い上がった。

相変わらず元気でほっこりする。

さて、今日はやることがいっぱいある。

今日ここへ来たのは、ミニグルメダンジョンで飼う家畜魔物を譲ってもらう為だ。

精霊のドラちゃんのおかげもあって随分と広くなっている。持て余すのではなく、存分に有効活用していこうというわけだ。魔物の中でも小型なら、比較的飼いやすいとのこと。

ちなみに佐藤さんが既に話をしてくれているらしい。あの人、どこにでもコネがあるな。

やがて入り口の宿舎が見えてくる。随分と立派だ。近くでは、大勢の人がツナギを着て作業をしていた。やがて一人の若い男性が俺に気づき、小走りで駆け寄ってきてくれる。

「もしかして山城さんですか？」

帽子を被った若い男性。首にはタオル、右手にバケツを持っている。声色から温和そうだとわかった。

「はい、佐藤さんの紹介で来ました。今日は、よろしくお願いします」

「よろしくお願いします！　僕の名前は剛士《たけし》です！」

ここは一般人が観光で来られるような施設じゃない。なのに、凄く丁寧なんだな。

「あの人たちは、お連れ様ですか？」

少し離れた場所、雨流と御崎が柵越しに魔物を見つめている。やっぱりどうみても親子っ！

「そうなんです。予定になかったと思うんですが……大丈夫でしょうか？」

「もちろん構いませんよ。いいですね、家族って見ているだけで幸せになります！」

「あ、いや……家族じゃないんです」

咄嗟に返答してしまったが、余計にややこしくなったのかもしれない。

御崎は雨流の手を繋いで、「ほら、あれだよ」と魔物に指を差している。どうみても親子、どうみてもママ。

「あ、そうなんですね。人生って、色々ありますもんね。僕の親も離婚してしまったんですが、たまにみんなで集まったりしてるんですよ。離れても家族は家族ですよね！」

間違いなく誤解している。離婚してたまに娘に会わせてもらっているパパと思われていないか？

てか、この人早とちりレベル高くない？

「あ、いえ。血の繋がりもないので、家族でもないですよ」

「あ、そうなんですか……でも、僕も連れ子なんですよ。血の繋がりなんて、関係ないですよね！」

俺の言い方がまずかったかもしれない。とはいえ、今ここで完全否定もしづらい。

苦笑いをしながら、申し訳ないと心で謝罪して本題に入る。

「さっそくですが、ミニモンスターを見させていただけませんか？　初心者なので、まだ何もわからないんですが」

「……家族に必要なのは絆……だよな……僕が間を取り持って……彼らを本当に家族にしてや

るんだ……」

「剛士さん、あの、聞いてますか？」

「……剛士、お前ならやれるはずだ……。――え？　あ、はい！　すいません！　もちろんですよ！　ではご案内しますので、こちらへ！」

なんか凄い誤解からやる気マックスになっているな。まあでも、気にしないでおこう。

雨流と御崎は、魔物の触れ合いをさせてもらっているらしく、俺だけ説明を受けることになった。

奥へ進むと牛舎のようなものがあった。何度かテレビで見たこともあるが、それよりも随分と小さい。

ここはダンジョンの崩壊で逃げ出した弱い魔物や、突然変異で小さくなった魔物を保護して育てているとのことだ。

もちろん慈善事業ではなく、実際の放牧業と同じことをしている。

「これはミニウシと呼ばれる魔物です。元々は放牧ダンジョンに生息していたんですが、ダンジョンコアが経年劣化により崩壊、ペット探索者ハンターが保護し、僕たちが買い取りました」

初めに紹介してくれたのは、見た目が完全に牛の魔物だ。

大きさは、豚か犬くらいか。模様も綺麗だが「モオー」ではなく、「モ？」と鳴くのが少し気になる。何で疑問形？

「続いてこちら、コニワトリです。小さいですが濃厚な卵を産むので、非常に人気がありますね。一つでご飯三杯はいけます」

「三杯⁉　それは気になりますね」

思わず胃袋が刺激される。言わずもがな、ニワトリの小さい版だ。

それから「コヒツジ」も紹介してもらった。肉が柔らかくて、繁殖も早いらしい。毛皮が高級品とのことだが、解体とかになってくるとさすがに俺にはできない。性格は温厚で、有害な魔力を食べてくれるらしい。

さらに奥に進むと、大きな放牧場が広がっていた。周りは大きな柵で囲まれている。

馬に紛れて……岩っぽいのが歩いている。

「もしかしてあれって……ゴーレムですか？」

「ミニゴーレムです。温和で優しい生き物ですよ、知能も高いので僕たちの言葉もわかっています。魔物って怖い印象がありますけど、そうじゃないのもたくさんいるんですよね」

剛士さんは、優しい目をしながら笑う。

ああ、この人、本当に魔物が好きなんだな。

「僕もわかります。おもちと出会う前は、怖い感情があったんですが、今は愛おしくてたまらないです」

「ああ！　そうだ！　おもちさん！　あとでその……近くで見させていただけませんか⁉

それに田所さんも！　実は僕ファンで！」

剛士さんが、突然テンションが上がってスマホを見せてくる。そこには俺の動画が映っていた。

でも、履歴には切り抜きの『ドライアド沈めてみた』の炎上が。これは事前に消しといて!?

「ありがとうございます。見てくれていたんですね」

「はい！　もう何度も。感化されて、いずれ僕も配信しようかなあと思ってまして」

「はは、いいじゃないですか。放牧場、僕の動画で紹介しますよ」

「本当ですか!?　嬉しいなあ！　あ、でも……今はちょっと動画は危険かもしれないか……」

彼は突然、遠くを見ながら悲し気な目をした。理由を尋ねてみたが、何でもないです、すみませんと返されてしまう。

「では譲渡手続きがあるので、続きは事務所でいいですか？」

「はい、わかりました」

あの意味深な表情と危険という言葉、一体なんだったんだろう。

「この金額で……本当にいいんですか？　普通もっと高いですよね？」

「そうですね。でも、佐藤さんから話も聞いていますし、おもちさんたちが伸び伸びとしているところを見ると、山城さんのことも信頼できますから」

俺ではわからないことが多かったので、御崎が資料に目を通してくれていた。

驚いたことに、剛士さんはこの放牧場で一番偉いらしく、また譲渡費用も随分と安くしてくれた。

「ありがとうございます。これでうちのダンジョンも賑やかになりそうですよ」

「これからも動画を楽しみにしていますね」

ちなみに雨流は隅っこでおもちと田所と戯れている。有名人ではあるが、この姿でS級とは思わないよなあ。

「おもちと田所は可愛いねえ、偉いねえ」

「キュウキュウ？」

「ぷいにゅ」

「では、こちらで譲渡手続きは完了です。ただ、本部への確認もありますので、一番早くて明日の朝のお渡しですね」

「わかりました。ちょっと待ってくださいね」

御崎とも相談し、俺だけまた来ることになった。田舎なので少し遠いが、仕方のないことだ。

――と、思っていたら、剛士さんが「ちょっと確認してきます」と離れていく。そして戻って来るなり驚くべきことを言った。

「山城さんが良ければなんですが、泊まっていきませんか？」

「泊まる……？」

突然の提案に、御崎と顔を見合わせる。

「入り口付近にあったコテージはご覧になられましたか？」

「そういえば……」

確かにあったな。綺麗だったが、使われている形跡は見当たらなかった。

「来月から見学と合わせて魔物と触れ合いのできる宿泊コースを始める予定なんですよ。そこで良ければ一泊どうでしょうか？　朝一に譲渡もできますし、二度手間にならないかと思います。運搬用のトラックで、自宅までお送りしますよ」

「そんな……さすがに悪いですよ」

安くしてもらった上に、コテージで泊まらせてもらうなんて。

さらに言えば料金もいらないという。

「いえいえ、ご自宅も遠いでしょう」

「いやでもそれは……」

御崎も「それはねえ……」と遠慮していた。雨流もいるし、今日は帰ろう――。

「そうだ。牧場産の夕食もご用意しますよ。コニワトリの卵は絶品ですし、あとお酒もあります――」

「泊まります！」

「え、御崎？」

「食べます、飲みます！　いや、泊まります！」

もの凄い勢いで返事をする御崎。そういえば、食べるのが大好きだ。

それにお酒もあるって言われたらもう……こうなるよな。

「セナちゃんも泊まりたいよね。おもちゃんとたどちゃんと、まだいたいよねぇ？」

「え！　お泊まりできるの!?　泊まりたい！　一緒にまだいたい！」

「キュウー！」「ぷいにゃ！」

雨流も味方に付け、俺を見つめてくる。おもちと田所も嬉しそうに叫んでいるが、絶対に意味はわかってないだろう。

まあでも……正直ありがたいので、お言葉に甘えさせてもらうか。

「だったらお願いできますか？」

「ええ構いませんよ！　――良かったですね」

突然近寄り、俺の耳元でボソリと囁く剛士さん。え？　勘違いしてないか？　もしかしてそれで気を利かせてくれたの!?

俺たち家族じゃないからね!?　面会時間とかないよ!?

「――いた――おそらく」

「それは――やば――」

その時、後ろで施設の人が焦った様子で何か話していた。

剛士さんが「ちょっと外します」といって、その場を離れる。

「何かあったのかな？」

「なんだろうな、でもただごとではなさそうだ」

その時、剛士さんが言っていた「危険」という言葉が脳裏に蘇った。


「……すみません、本当に申し訳ないのですが、宿泊できなくなってしまいました。いえ、それよりも急いで離れたほうがいいかもしれません」

剛士さんは、戻ってくるなり不安そうに言った。

表情も明らかにさっきとは違う。

「えええ⁉」

俺より先に御崎が叫ぶ。夕食は⁉と叫びそうになっているのを堪えているのがわかった。俺が、理由を尋ねる。

「何かあったんですか？　その、問題が起きたように見えましたが」

「実は……最近、放牧モンスターを専門に狙う連中がいるんです。うちは田舎ですし、被害にあったところも他県なので来ないと思っていたんですが、先ほど怪しい人物を見かけたと……」

それを聞いて、俺はおもちと出会った時に聞いた組織の話を思い出した。

もしかして……。

「……警察には連絡したんですか？」

すると、剛士さんは悲し気に「ダメなんです」と首を横に振った。

「ここの魔物はテイムしているのではなく保護しているだけなので、法的には野良なんです。なので、実際に盗まれてからでないと被害届は出せないんです。見回りくらいはしてくれるかもしれませんが、それもいつになるのか……」

ダンジョン法の整備がまだ追いついていないことは俺も知っている。

実際にテイムした魔物が誘拐されたとしても、罰則はまだ緩い。これは世界でも問題になっていることだが、元々は危険だとされていた魔物だ。そのあたりの線引きが難しいのだろう。

「責任を持って、今から車で最寄り駅まで送らせていただきます」

剛士さんは悲し気な表情を浮かべていた。

今日一日、ここの放牧場にいて思ったことがある。

それは、ここの人たちが本当に魔物を愛しているということだ。なのに、大切にしている魔物を攫われたり、傷つけられたりするのは本当に辛いし、怖いだろう。

そんなの、許せることじゃない。

俺は御崎と顔を合わせて、頷く。

「でしたらやはりこのまま泊まらせてもらえませんか？　夕食などは結構ですから」

「……え？　どういうことですか？」

「こう見えても探索者です。戦闘経験は少ないですが、多少はお力になれると思います」

しかし、剛士さんは首を横に振る。

「山城さん、大変失礼ですが……連中は乱暴な奴らだと聞いています。さらに彼らの中には、現役のA級探索者がいるという噂もあるんです。おもちさんが伝説のフェニックスだということは知っていますが、そんな危険なことを……」

「大丈夫ですよ。色々とお世話になった分、恩返しがしたいんです」

「いやでも……」

「僕たちは魔物を愛する仲間じゃないですか。それにもし何かあったら、僕たちもモンスターを譲渡してもらえなくなりますし、お互いの為ですよ」

「……ありがとうございます。山城さん――」

――ドゴオオン！

そのやり取りをしていた瞬間、外から大きな音が聞こえた。

その直後、魔物たちの悲鳴が響く。

間違いない――連中が来たのだ。

剛士さんが顔面蒼白になりながらすぐに駆けていった。

追いかけようと思ったが、先に御崎に声をかける。

「俺は剛士さんを追う。御崎は雨流といてくれないか？」

雨流の強さは知っている。だが、相手がどんな奴らかわからない以上、危険な目に合わせたくはない。

いくら強いとはいえ、まだほんの子供だ。それを当てにするなんて、大人としてありえないだろう。

「嫌」

だが、おもちと戯れていた雨流が、突然そう言った。

そしてその表情は、いつものあどけない雨流ではなかった。

「……話は聞いてた。私も手伝う」

「ダメよセナちゃん、大人の私たちがなんとかするから」

御崎も同じ気持ちのようだ。だが、雨流は首を横に振る。

「私は……前に取り返しのつかないことをした。今は……わかるの。大切にしている魔物が奪われるなんて、そんな辛いことはないって。だから、私は戦う。――それに、私は絶対に負けない」

その瞬間、とんでもない魔力が肌に突き刺さった。

以前戦った時と同じだ。いや、それ以上か。

……これ以上は、言っても無駄だな。

「わかった。俺は剛士さんを追う。二人は反対側を頼んだ。何かあったら、その都度対応してくれ」

「阿鳥、無茶しないでよ」

「ああ、逃げるのは得意だからな。おもちと田所は俺に着いてきてくれ！」

「キュウキュウ！」

「ぷいいいい！」

そして俺たちは二手に分かれて、外に出た。

「おもちは空から見張っていてくれ！」

「キュウー！」

天高く飛び上がるおもち。それから少しすると、鳴き声で敵がいると教えてくれた。やはり来ているのか。

そして田所が、俺の右腕に飛びついた。

「よし、田所ソード頼んだぜ」

「ぷいにゅー！」

次の瞬間、田所はその形を変化させていく。メラメラと燃えて剣となった。

以前よりも魔力が漲っている気がする。

「おもちはそのまま一旦待機だ！　魔物が連れ去られそうなら、威嚇でブレスを撃っても構わない。だが、やりすぎるなよ！」

「キュウ！」

おもちの炎のブレスなら一撃でこのあたりを焼け野原にはできるだろう。

けれどもそんなことはできない。放牧場のことを考えると、できるだけ現状維持で済ませたい。

戦って勝つだけじゃない、これは牧場を守る戦いなのだ。

牛舎にたどり着くと、剛士さんが必死にミニウシたちを避難させようとしていた。

まだここまで敵は来ていないらしい。

「剛士さん！」

「阿鳥さん、来てくれたんですね！　――って、その炎の剣、なんですか!?」

剛士さんが俺の剣に驚く。炎中和魔法を弱めているので、熱波も感じるらしい。

「これは田所ソードです。それより、ここから先は僕が前に出ます。魔物やみんなを奥まで避難させてください」

「そんな、危険ですよ！　さすがにそこまでさせられません」

「いえ、大丈夫です。僕たちの魔物でもありますから」

「本当にありがとうございます……無茶しないでくださいね」

「はい！」

剛士さんにあとを頼み、俺は放牧場へ向かった。

すぐに黒ずくめの怪しい連中がいた。いかにもな風貌をしている。

「おいてめえら、急ぎやがれ！　できるだけ希少価値の高いモンスターから奪い取れよ！」

「「「へい！」」」

奥には大きなトラックが何台もあり、連れ込もうとしているのが明白だった。

俺が想像していたよりも大きな窃盗団らしい。まだ避難は済んでいない。

こいつらを止めるのは、俺の役目だ。

「おい、てめえら！　やっていいことと悪いことがあるだろうが！」

わざと声を荒げて、奴らの注意を引く。

「炎の剣……？　おい、右手が光ってんぞ！　気をつけろ、探索者だ！」

「はっ、よく見ろ、たかがC級だぞ」

探索者は色でランク付けされているので、外で魔力を漲らせるとわかってしまう。

黄色はC級だ。

連中は俺を囲むかのように広がっていく。

「めずらしい剣持ってんなあ。よこせよ兄ちゃん！」

「それはできない相談だな」

「ぷいにゅー！」

田所ソードが剣のまま叫ぶ。いや、田所がソードのまま叫ぶ。

同時に目がぎょろっと浮かび、相手を睨んだ。

連中は少したじろいだが、そのうちの一人が手をかざし、直後に魔物だ！と声を上げた。

「あいつの剣、炎タイプのスライムだぞ！」

「なに!?　まじかよ!?　聞いたことねえぞ!?」

「武器に化けるなんてレアもんじゃねえか！　おい絶対捕まえるぞ！」

以前、探索者の登録へ行ったときに見たことのある鑑定魔法だ。

おそらくこいつはそれを持っているのだろう。職にもあぶれそうにないのに、こんなことをしているとは。

俺の火耐性（極）よりもいいじゃねえか！

「人のモンスターは奪うもんじゃねえって、小さいころにポ◯モンで習わなかったか？」

〝充填〟はもう済んでいる。初っ端から全力で行くつもりだ。

「おいC級、てめえごときが、俺様に勝てると思ってるのか？」

その時、ひときわガタイのいい髭面の男が、右手を光らせながら前に出た。

色は青、これは——B級だ。

「……それがどうした？」

「強がるんじゃねえよ、俺様はてめえより上だ。それにこの人数差で勝てると思ってんのか？」

取り囲んだ連中が、手に魔力を張らせた。なるほど、下っ端連中でも、それなりの使い手らしい。だが俺は平穏そのものだった。これは強がりでも何でもない。

――確信だ。

「その攻撃が、俺に当たればいいな」

「はあ？　――がぁぁっ⁉」

次の瞬間、俺は炎を足に漲らせて、地を蹴った。

連中からすれば、目にもとまらぬ速度だろう。

まったく視線が追いついていない。一人、二人、三人と続けて、気絶させていく。

あれから訓練室には何度も通わせてもらっている。たとえ不死身とはいえ、おもちが亡くなった時、俺は無力感にさいなまれた。

もう、後悔はしたくない。

「田所、威力は弱めておけよ！」

「ぷいにゅ！」

身体が思っている以上に動く。こいつら全員、おもちの攻撃の足元にも及ばない。

気づけば全員気絶させていた。もちろん、田所ソードの威力が強いのもある。

「く……俺の爆砕破壊光線《エクスプロージョンデストロイビーム》さえ当たっていれば……無念……」

こいつだけちょっとしぶといな。とはいえ、力尽きたようだ。

でも、B級の魔法《こいつ》って何だったんだろうか。……ちょっと気になる。

『炎の充填がなくなりました』

その時、アナウンスが流れた。

前から思っていたが、かなり燃費が悪い。使い勝手は良くても、長期戦には向いていな――。

――ゴオオオオオオオオオオッ！

「なっ⁉」

その時、後ろからもの凄い魔力を感じて、思わず飛んだ。

慌てて後ろを振り返ると、さっきまで立っていた場所にデカい穴が開いていた。

……もの凄い威力だ。

「ふん、C級のくせに反応はいいみたいだな」

二メートルはある体格、服の上からでもわかるほど盛り上がった筋肉、それよりも目立っているのは。赤く光っている右手。

こいつ――A級探索者だ。

S級には及ばないにしても、とんでもない力を持つと言われている。

一体……どんな魔法を使うんだ。

ゴオオオオ。

あれ？　……よく見たらこいつの右手、燃えてないか？

「たかがＢ級を倒しただけで喜んでんじゃねえだろうな」

と思っていたが、気がつくと、もう火は消えていた。もしかすると俺の見間違いだったのかもしれない。

「田所、全力で行くぞ」

「ぷいにゅ！」

ここからは一瞬も目が離せない。右頬から、汗が垂れ流れた。

「退かぬというなら見せてやろう。俺様、京極米良乃助《きょうごくめらのすけ》の最強魔法を！！！」

凄まじい魔力圧。俺は、田所ソードを構えた。

一体どんな魔法だ。相性が良ければいいが――。

「どうだ、俺のこの炎魔法（強）が見えるか、凄まじい炎の揺らめきが！」

「……ん？」

するとそいつは、いや米良乃助はもの凄い魔力を纏った炎の玉を右手に出現させた。

それでそいつを俺にぶっ放すらしい。

確かにもの凄い炎だ。いやマジで、相当凄い炎っぽい。

「それが……お前の魔法か？　それ以外にはないのか？」

「はっはっはっ！　強がるのもいい加減にしろ。この炎の玉を食らえば、お前は跡形もなく消え去るだろう。さっきお前に投げた炎の十倍の威力はあるぞ！」

「……そうか」

あ、ありがてえええええええ。

こんなラッキーある？　そういえば、今朝の星座占い一位だった。

ラッキーカラーもレッドだった。

俺は戦闘態勢を解いて、無防備に身体を晒した。

「はい、どうぞ」

「はっはっ――は？　何がどうぞだ？　貴様、舐めてるのか？」

「だから、どうぞ放ってください」

「貴様、死ぬぞ？　いいか、跡形もなく消えてしまうんだぞ。その意味がわかってるのか？」

「わかってるよ、早くしてくれ」

「ぐぬぬぬ！　死んじゃうんだぞ⁉　いいのか！　なあ⁉　恐怖で頭がおかしくなってるのか？　そうだろう⁉」

米良乃助は戸惑っているみたいだ。さすがに殺すのは怖いのかな？　ちょっとイイヤツそうだが、悪人には違いない。

ただ、ほかにも窃盗団はいるはずだ。ゆっくりしている時間はない。

何もしてこないので、鼻をほじって煽ってやることにした。

「お前が降参するなら私も許してやらんでも――」

「ほら、早くしろって。その小さい炎をぶつけてくれよ」

米良乃助はめちゃくちゃイライラしているみたいだ。あと一押しだな。

「ほら、弱虫毛虫、〝炎の虫〟」

「この野郎おおおおおおお！　後悔しやがれえええええええええ！」

ついにブチ切れた米良乃助のマッスル右腕から放たれる炎の玉、その威力は凄まじい――が、
おもちの炎のブレスの十分の一にも満たない。

俺の身体にぶつかるも、跡形もなく――吸収した。

『炎の玉を少しばかり充填しました』

なんだ、この程度か。

だったら先に攻撃を仕掛けたほうが良かったな。

「アナウンスは正直だな。てめぇの炎は雑魚だってよ」

「……え？　どういうことですか？　なんで無傷なの？」

米良乃助が目をぱちぱちさせる。そうだよね、びっくりだよね。

多分、君って強いもんね。体格も凄いし、毎日ジムとか通ってササミとか食べてそうだもん。

でも――。

「相性が悪かったな」

「……もしかして炎に強い？」

「そうだね、炎にめちゃくちゃ強いよ」

口をパクパクさせる米良乃助。

ごめんね、でも運も実力の内だから！

「……クソがクソがクソが！　こんなことがああああああ！　完全体になりさえすればああああ！」

どこぞのセ○みたいな発言をしながら、米良乃助が地団駄を踏む。

ちなみに俺は完全体まで待たないからね。

「じゃあな、米良乃助――」

「うわあああああああ」

「逃げろおおおおおお」

その時、後方から悲鳴が聞こえた。

御崎に何かあったかもしれないと思い振り返ると――黒ずくめの連中が大勢逃げてきた。

「お頭あああああああ、炎の鳥と変な能力を使う女ががあああああああ」

「ひゃあああああああ、あいつらは死神だああああああああああ」

背中が燃えていたり、空中を飛んだりしている。

「キュウキュウ！」

「逃がさないわよ」

そこに現れたのは、おもちと御崎だ。

うーむ、容赦ない。まだ俺に気絶させられた連中のほうが良かったかもしれないな。

そこで、膝をついて泣きべそをかいている米良乃助が声をかけてきた。

「なんでお前たちみたいな強い奴らがこんな田舎に……」

「家族サービスさ。ってことで、俺に対しての殺人未遂も確定したし、現行犯逮捕させてもらうぜ」

御崎が動画も撮影してくれている。言い逃れはできないだろう。

しかし諦めると思っていたはずの米良乃助が、突然、喚き散らかしはじめた。

「くそおお、俺を虚仮《こけ》にしよって！　だったらこのあたり一帯を焼け野原にしてやるわ！」

「なんだと？」

まさかだった。油断していた。

身体中に炎を纏ったかと思えば、炎の玉を地面に投げつけた。次の瞬間、炎の爆発を利用して天高く飛んだのだ。

「お前らが燃え盛っている間に、逃げだしてくれる――アアアアアアああああ」

もの凄い熱気だ。全身の魔力を両腕に集約しているらしい。俺を狙うのではなく、地面を狙うつもりだ。

ここは草原、山火事は避けられない。

くそ――油断した。

「田所！　できるかぎり弾き返すぞ！」

「ぷいにゅ！」

目を離さずに剣を構える。しかし――米良乃助は突然もの凄い勢いで地面に叩きつけられた。

「うおおおおおおおっ――!?　があぁあああっあああっあああっあぁっ」

この光景……どこかで見たことがある。にしても、もの凄い勢いで叩きつけられたな。大事なことなので二回言った。

「人の魔物を奪うなんて、最低！」

現れたのは、雨流だった。両手をかざしながら、何か能力を使っている。

ええと……まあいいけどね、うん。

君は改心したもんね。何も言わないよ。

けれども米良乃助は強かった。再び立ち上がって、またもや叫ぶ。

「なんのこれしきいいいいいいいいいいいいい」

しかしまるでゴムがついているかのように、再び持ち上げられ、地面に叩きつけられる。

「ちくしょおおおおクソがああ」

「ああああああああああああああああ」

「いやあああああああああああ」

「やめてもううう」

「許してえええええええ」

「ごめんなさいいいいいいいい」

「もう殺してえええええええ」

まるでおもちゃのように跳ねる米良乃助。

防御力だけは高いみたいだ。ちょっと可哀想。

「人の！　魔物を！　奪うのはダメ！　でしょ！」

うんまあ、雨流《きみ》が成長しているならパパは満足だよ。

いい子になったね。

◇

翌朝、米良乃助たちは探索者委員会と警察に連れていかれた。

ミニモンスターを捕まえようとした罪ではなく、不法侵入、器物破損、強盗、まあ色々だ。

殺人未遂はまだ未確定ということだが、ほかにも重なって結構な罪になるらしい。

まあ、当然だろう。

佐藤さんに組織について尋ねてみたが、やはりそういったやつらの存在が確認されているとのことだ。窃盗団が末端組織の可能性も鑑みて捜査していくらしい。

すべてが終わってからコテージに泊まらせてもらって豪勢な夕食をいただいた。

御崎は地酒で嬉しそうだったし、雨流はおもちと田所に挟まれて幸せそうに寝ていた。

そして──。

「本当にいいんですか？　こんなにたくさんの魔物を譲ってもらって……」

剛士さんから是非にと、多くの魔物を譲ってもらえた。

「このくらい当然ですよ。感謝が言い表せないくらいです。本当にありがとうございます」

「わかりました。大切に育てさせてもらいます！」

「はい、それにダンジョン内のほうが長生きすると思います。魔物にとっても居心地がいいと思いますね。それと、山城さんが良ければ、たまに会いにいってもいいですか？」

「もちろんですよ。色々とお世話になりましたから、いつでも遊びに来てください」

最後に剛士さんと握手をして、俺たちは牧場を去ることにした。

今後も肥料のことや魔物について聞きたいことがあるので、何度か顔を合わせることになるだろう。

こうやって人付き合いが増えていくのはいいことだな。

トラックまで借りられたので、あとは家までレッツゴー──のはずが。

雨流はまだ悲し気な表情を浮かべていた。

昨日の夜からだが、自分がおもちにやったことがどれだけダメだったのかさらに理解したらしい。

そして俺は頭を撫でる。

「お前はよくやったよ。雨流がいなかったら、もっと大変なことになってたはずだ」

「……ほんと?」

「ああ、それにあいつらは魔物を売り物としか見てなかった。お前とは全然違う。安心しろ」

「……ありがとう、あーくん」

「でも、そのあーくんは恥ずかしいからやめてくれ」

「あーくんは、あーくん!」

雨流はようやく微笑む。その横で、御崎も微笑んでいた。

そして俺は——気になっていたことを訊ねようとした。

今ならいけるんじゃないか? いや、今しかない。

いやもう我慢できない!

「じゃ、じゃあさ、雨流の魔法って何なんだ? おじさんに教えてくれない?」

「え? 私の魔法は引き寄せと——むぐっ⁉」

しかし、御崎が雨流の口を塞いだ。

「そんな簡単に言っちゃダメ。魔法は命と同じなんだからね。誰が聞いてるのかもわからないし、阿鳥もこんなところで聞くのはやめて」

「……はい」

「乙女に体重を聞くのと同じよ。好きな人、信頼できる人にしか言えないものなの」

「はい……」

帰り道、魔法って乙女の体重なんだあと考えながら空を眺めていた。

その時、ハッと気づく。

……御崎って俺に何の抵抗もなく教えてくれたよな？

◇

【S級】上級探索者になる為にすべきこと【A級】。

基本は雑談スレッドです。

荒らしはスルー。スレ立ては>>950。

ランク級の話はしてもいいですが、どちらが強いかなどの話題はすぐ荒れるので、別スレでお願いします。

【結局】己の魔法を晒すスレ【相性】。

1．名無しの探索者。
万年C級の俺が立てたンゴ。

2．名無しの探索者。
スレ立て乙！
なあに、普通はC級止まりさ、気にすんな。

3．名無しの探索者。
優しい世界だな。

4．名無しの探索者。
俺はB級だけど。

5．名無しの探索者。
>>4
別スレでやれ。
てか、ニュース見た？　放牧場の窃盗団ついに捕まったんだな。

6．名無しの探索者。
我らのセナちゃんが捕まえたらしいね。近々また表彰されるとか。

7．名無しの探索者。

フランスと日本のハーフの子だっけ？　国民栄誉賞ってどっちからもらえるんだ？

8. 名無しの探索者。

＞＞7

両方じゃね。知らんけど。でもセナちゃんだけじゃないっしょ？

おもちのおかげって本人が言ってたよ。

9. 名無しの探索者。

なにおもちって。食べ物を食べると強くなる魔法なの？

10. 名無しの探索者。

だったらおもちは選ばんだろｗｗｗ

喉詰まったらどーすんだよｗｗ

11. 名無しの探索者

不謹慎ネタやめろ。

おもちはフェニックスだよ。アトリっていう配信者が実況してる。

そんな俺は田所ファンです。

12. 名無しの探索者。

ついにこのスレにもおもちの話題が出たか。

俺もよく見るけど可愛いよね。うどん食べてるところ見ながら、俺もよくうどん食べてる。

13. 名無しの探索者。

ワイはミサキすこ。ドラちゃんも好き。

14. 名無しの探索者。

ドラ〇もんまでいるのか。

15. 名無しの探索者。

にわか乙。ドラちゃんは精霊だよ。

16. 名無しの探索者。

精霊って動画に映るの？　偽物じゃね？

17. 名無しの探索者。

心の清い人にしか見えないからお前は見えない。

18. 名無しの探索者。

だったら多分このスレのやつはみんな見えてない。

19. 名無しの探索者。

おもちって伝説の魔物だよね。ほかにテイムされてたりすることある？

20. 名無しの探索者。

＞＞19

見たことないな。そもそもテイムどころか、姿すら見たことない。

21. 名無しの探索者
おもちは俺が飼ってたインコに似ててなあ……
これがまた可愛いんだ。ああ、おもちいいい。

22. 名無しの探索者。
田所もいいよね。ファイアスライム初めて見たけど性格温厚そう。
あれも伝説級？

23. 名無しの探索者。
最下層の魔物って言ってた気がする。

24. 名無しの探索者。
お前らの庭のダンジョンは何？

25. 名無しの探索者。
>>24
何の話だ？

26. 名無しの探索者。
>>25
庭ダンジョンってなんだ

27. 名無しの探索者。

ミニグルメダンジョンの話でしょ。あんなの普通はない。レアすぎる。

28. 名無しの探索者。
あー！　俺も寝てたら庭にダンジョン生えないかなあ！

29. 名無しの探索者。
普通は魔物がいるから危険だけど。

30. 名無しの探索者。
普通の家は庭なんてないけど。

31. 名無しの探索者。
すぐマウントを取るな。まあ俺はタワマンだから関係ないけど

32. 名無しの探索者。
ミニグルメダンジョンて何かと思ってググったらすげえバズってんのな。
チョコレートの壁ぺろぺろしてるのおもしろすぎるだろ。

33. 名無しの探索者。
俺もあれはワロタw　セナちゃんや砂糖さんもいるじゃん。おいおいうらやまけしからん。

34. 名無しの探索者。
砂糖ってなに？

35. 名無しの探索者。

＞＞34　雨流の執事の愛称で、本名は佐藤。
そういえばお家問題どうなったんだろ。結構ニュースなってたよね？

36．名無しの探索者。
あそこの姉がヤバイやつって話か。
どっちが強いの？　雨流姉妹って。

37．名無しの探索者。
お前よりは強いよ。

38．名無しの探索者。
お前よりって言ってるお前よりは強いよ。

39．名無しの探索者。
どっちが強いか論争は（ｒｙ。

40．名無しの探索者。
永遠に擦られてるネタだからもういい。

41．名無しの探索者。
だったらこれは？　おもちvsセナちゃん。

42．名無しの探索者。
田所に一票。

43. 名無しの探索者。
砂糖だろ。
44. 名無しの探索者。
どうでもいいからやめろ。
45. 名無しの探索者。
そういえば庭にダンジョできたやつって前にもいなかったか？
46. 名無しの探索者。
いたかも。騒いでたやつね。
47. 名無しの探索者。
最近見ないな。どうなったの？
48. 名無しの探索者。
崩壊したとかじゃなかったっけ。魔構築が足りなかったとか。
49. 名無しの探索者。
魔構築ってなに。
50. 名無しの探索者。
ダンジョンを形成してる核みたいなやつ。
過去スレあったわ。

【庭に】やべぇ今日見たら崩れてきている……【ダンジョン出来た】。
http:xxxxxx。

51．名無しの探索者。
＞＞50
こわ……アトリのミニグルメダンジョンは大丈夫なのかな？

◇

「むにゃむにゃ……もう耕せないよおお……」

「ドラちゃん、おはよう」

ミニモンスター放牧場からようやく戻ってきた俺は、庭のミニグルメダンジョンに潜っていた。

膨らんだ土の上にリコちゃんハウスが置いてあり、パカッと中を開くとドラちゃんが寝息を立てていた。

〝どんな寝言だよ笑〟

〝かわええ、これは有料〟

〝夢の中でも働いて可哀想ｗ〟

〝ドラ〇もんー！〟

ちなみに頭に付けたスマホで生配信中。まるで洞窟探検隊だが、できるだけ視聴者にダンジョンを作っているところを見せたほうがいいと、御崎ママに念押しされたからだ。

ちなみに今はおもちと田所の健康診断へ行っているので一人きり。

「ドラちゃん、つんつん」

夢の中でも頑張っているらしく、目を瞑りながら両手で鍬っぽいのを動かしている。なんだか申し訳ない。

だがその表情は嬉しそうだ。本人いわく、楽しい作業だと言っていた。どうやら本当らしい。

「つーんつん」

「む……ふえ？　ふえええええ／／／／」

ようやく目が覚めたドラちゃんは、毛布で素肌を隠してあとずさり。小さくても頬が赤くなっているのがわかった。正直めちゃくちゃ可愛い。

〝ラブコメかよｗ〟

〝寝込みを襲うアトリ〟

〝これは最低な朝這《あさばい》〟

丁寧に起こしたのだが、なぜかコメントで怒られてしまう。なんでだよ⁉

「驚かせて悪いな」

「いえいえ！　あ、家だけに家家《いえいえ》！」

ドラちゃんの場を和ますギャクっぽいが、文字にしないとわかりづらい。

「前に話していた魔物たちを連れてきたよ。それよりびっくりしたんだが……」

「わ、ありがとうごじゃいまちゅ！　びっくり？」

「なんか……すげえ進化してねえか？」

後ろを振り返ると、そこはもう俺が知っている土だらけのダンジョンではなかった。

畑が等間隔に並んでいて、その天井では、日光と雨が交互に降り注いでいる。

一部は既に発芽しているみたいで、佐藤さんからいただいた野菜の頭が出ていた。

〝チートすぎるだろｗ〟

〝全自動ドライアドはおいくらですか？〟

〝農家が喉から手が出るほど欲しがる〟

「頑張りまちた！　えっへん！」

えっへんというレベルは超えているが……とにかく愛らしいので頭を撫でる。

あと、鼻がぴょんと伸びているのが可愛らしい。

「またダンジョンが広くなってないか？」

「膨張《ぼうちょう》ちてまちゅね。これからもぐんぐん広がるかもちれないです」

「それはどうしてだ？」

「あたちがいるからでちゅ！　あたちという肥料をぐんぐん吸い取ってるからでちゅ！」

ドラちゃんが言うには、精霊の気を吸い取っているからだそうだ。よくわからないが、そういうことらしい。大は小を兼ねるともいうし、問題はないか。

俺は、ドラちゃんを肩に乗せると、連れてきたミニモンスターたちを見せる。

「モ？　モ？　モ？」

「コケココ！　コケココ！」

「エェー!?　エェー!?」

「ゴオー、ゴオー」

なぜか疑問形で鳴くミニウシ、ずっと怒っている風のコニワトリ、いつもびっくりしてるミニヒツジ、最後はエアコンが壊れた時みたいな鳴き声のミニゴーレム。

個性的だが、大きさは犬や猫ぐらい。とても小さく扱いやすい。

〝個性ありすぎだろｗ〟

〝ミニヒツジがびっくりしてる時の顔おもろ〟

〝小さくて飼いやすそう〟

〝ゴーレムの声ｗｗｗ〟

当然だが、通常の家畜のようにミルクや毛皮、卵も採れる。

さらに希少価値が高く、剛士さんいわく、品質管理さえしっかりすれば相当高値で販売できるらしい。

ちなみにミニゴーレムは可愛いだけで、特に何かしてくれるわけじゃない。

「わ、お友達いっぱいでちゅ！」

「はは、随分と譲ってもらったから心配だったが、この広さなら大丈夫そうだな」

柵のようなしっかりとしたものは、ドラちゃんでも作れないらしいので、俺が牛舎や囲いを作ることになった。

ほとんど任せているので頑張りたいが、これはこれで初心者には難易度が高い。

なので、とりあえず。

Ｄａｎｔｕｂｅで一から始める柵ＤＩＹの動画を見ることにした。

スマホは配信で使っているので、タブレットで。

つまりここから数時間は、Ｄａｎｔｕｂｅを見る俺の背中と、その後方で譲ってもらった魔物を誘導するドラちゃんとなる。

「なるほど、こうやって柵を作るのか」

〝アトリの変わり映えのない時間〟

〝カメラ意識して〟

〝何この時間〟

〝ドラちゃんは頑張ってるのに〟

〝交通誘導員みたい〟

〝たしかにｗｗ〟

「ぴぴっー！　こっちでちゅー！　ミニウシさん、そっちじゃないでちゅよー！」

「モ？　モ？」

「コニワトリさん！　怒らないでねー」

「コケコココケココ！」

「ミニヒツジさん、そっちじゃないよー」

「エェー⁉　エェー⁉」

「ミニゴーレムさん、もう少し静かにー！」

「ゴオー！　ゴオー！」

これはあとの話だが、勉強は動画外でしてね、と御崎に怒られた。さらに掲示板では、サボりすぎとも書かれていた。

ただ、ドラちゃんの評価はうなぎのぼりなので、それは良かったが。


「よし、こんなもんか……」

動画を見終えた俺は、ホームセンターで買ってきた簡単柵を作り終えた。どちらかというとキャットサークルみたいな感じだが。

地面に藁を敷き詰めると、そこにドラちゃんが誘導してくれた。

〝ここまで四時間かかりました〟

〝気づいたら寝てたわ〟

〝ドラちゃんがいなければ成り立っていないコンテンツ〟

魔物の餌やトイレは、ドラちゃんが一括管理してくれるらしい。さすがに無から有は作り出せないので、細かい補充はお願いしまちゅ！とのことだった。はい主人様、わたしめにお任せください。

ミニウシたちは驚くほど素直で、柵の藁の上ですぐ寝た。

そして俺はドラちゃんを労う為に、とっておきのミルク用意していた。以前と同じ浴槽に流し込む。

服を脱いだドラちゃんが足を入れると、うっとりとした声を出した。

「最高でちゅ、ドラ肌に温めてくれたんでちゅね///」

「次はミニウシのミルクで入れてあげるよ」

〝ドラちゃん風呂キター！〟

〝これを見る為に四時間待ってました〟

〝そういえばこれＢＡＮされないの？　大丈夫？〟

〝最近厳しいからね〟

〝前に凍結されてる人いたよ〟

〝ええい、通報しなければいいってこと！〟

コメントが怖いな⁉

一応調べたが、ドラちゃんは生物学的には植物らしい。しかしここまで言われると不安だ。

また炎上⁉　いや、もうそれは勘弁していただきたい。

「あっ、顔にミルクが……んっごくごく、濃厚で美味しいでちゅね！」

「ドラちゃん、このタイミングでそれはヤバイ気がする」

「ふえ？」

その日の夜、ガイドラインの違反をしているとメールが届いた。

長文でつらつらと書いていたが、要約すると幼女を性的コンテンツとして搾取し続けたら停止するぞと。

それから動画投稿を四十八時間禁止され、御崎には「エッチな阿鳥、略してエトリ」となじられ、おもちと田所には「健康診断の注射痛かった。どうしてあんなことするの」と言われたのだった（気がするだけ）。

「ご主人ちゃま、またミルク風呂お願いしまちゅ！」

ただドラちゃんは笑顔だった。

◇

「つかりたー……」

ぐでんっと居間で寝転ぶ御崎。

ここ最近は、ダンジョンやランク等級のことで、探索者委員会に行ったり来たりの繰り返しのようだ。

俺も今後のことを考えて、食品衛生管理者の資格を取得したりと、忙しい日々を過ごしている。ただ御崎は経理も担当している分、疲れが溜まっているのだろう。

「もうすぐ飯ができるから待っててくれ」

「はああい、たどちゃんむにゅうううううう」

「ぷいっぷいー！」

御崎は、田所の体に顔を埋める。今日はスーツだ。

タイトスカートなのでタイツが見えて気になってしまう。

「キュイ！」

するとおもちが、真っ白い羽根で俺の目線を遮った。

御崎を守っているのか、それとも嫉妬から来るものなのかわからないが、ちょっと恥ずかしい！

「はいはい、見ないよ」

「キュウキュウ」

ダメですよと満足そうに頷くおもち。なんかおかんみたいになってきているな。

視線を戻し、新鮮なコニワトリの卵をフライパンに乗せる。

熱を帯びた鉄が美味しそうなジューという音を立てる。

もう何度も食べているが、剛士さんの言う通り絶品だ。

生はもちろん、塩や砂糖、だしがなくとも美味しく食べられる。

漬けておいた大根とキュウリを冷蔵庫から取り出し、白米をよそってテーブルに並べた。

ちなみにこの野菜もミニグルメダンジョンのもので、市販のよりは小さいが、その分味が詰まっていて美味しい。

飲み物はミニウシのミルク。

搾乳はコツが必要だったが、今はもうプロ級。と、自分では思っている。

「よし、ミニグルメダンジョン朝定食のできあがりだ！」

「わーい！」

「ぷいぷい！」

「キュウン！」

ちなみにおもちと田所は少し違ったメニューで、ミニうどんを付けている。

お子様メニューならぬ、魔物様メニュー。

いただきますをして、コニワトリの卵焼きを口に入れると、御崎の頬が緩む。

「美味しい……最高だあ……」

「だな、ドラちゃんのおかげで野菜の収穫速度も上がってるし、俺も放牧モンスターの扱いにも慣れてきた。そろそろ佐藤さんから紹介してもらったところに行ってみるか？」

「そうね、今日は時間もあるし。あとで収穫した野菜まとめておくねー」

「ありがとな。話は変わるが、この家、やっぱりそろそろ限界だな。リビングの底が抜けそうだったぜ……」

「やっぱりお金を貯めて建て直しましょう。たまにシャワーも水になるし」

「そうだな。って、御崎はもっと自分の家に帰れよ。最近、毎日いないか？」

「だってーご飯作ってくれるから楽なんだもーん」

「まあ、いいけど」

元々田舎に引っ越そうと思っていたが、ミニグルメダンジョンのこともあってそうもいかなくなっている。

この家に住み続けるのは強度的にも不安だし、建て直しか……。

「配信は順調だが、いつまで続くかわからないからなあ」

そして俺たちは朝定食を平らげたあと、目的の場所に向かった。

「キュウキュウ」「ぷいぷいっ」

田所はおもちの背中に乗って、はぐれないように俺の後ろをついてきている。

「凄いね、初めてきたけど美味しそうな食材ばっかり」

「ああ、こうしてみるとダンジョン産も結構あるんだな」

御崎が周りを見渡しながら感心している。

ここは大きな店舗を貸し切って行われている、野菜直売会の会場だ。

陳列されたものはよく見かける野菜から、めずらしいダンジョン産まで。

初めて来るが、活気があって楽しげだ。今日ここへきたのは、いつか野菜を卸したいと思っているからだ。

久しぶりに人前に出てきたが、やっぱりおもちと田所は目立つらしい。

「なんで燃えてるのに熱くないのかしら？」

「私、知ってる！　おもちと田所だ！」

「写真とか撮影していいのかな？」

小さな子供がおもちに張り付いたことがきっかけで撮影会が始まってしまい、俺たちは動けなくなってしまった。

ようやく落ち着いたと思った瞬間、叫び声が聞こえてくる。

「なんだろう？」

「行ってみよう」

近づくとそれが怒鳴り声だとわかった。誰かが怒っているらしい。

「てめえの野菜がしなびてるのが問題だろうがよ！」

「ああ!?　おめえの大根だろうが！」

風貌的にお店の人だろうか。二人の男が言い合っていた。どちらも見た目が怖いし、ガタイが良くて、周りも怯えている。

「キュ――」

「おもち、俺が言うよ」

「阿鳥、気をつけなよ」

おもちが前に出ようとしたが、危険だと下がらせた。こういうクレームみたいな揉めごとは仕事で慣れている。

俺の社会人魔法で、できるだけ穏便に済ませよう。

「落ち着いてください。僕が話を聞きますよ」

「引っ込んでろ若造が！」

「萎びた茄子が喋りかけんじゃねえ！」

……え？

「キュウキュウ」

「ぷいー」

「萎びた茄子って言われた……」

おもちと田所が、凹んだ俺を慰めるかのように肩をとんとんしてくれる。

つらい。この前は親子に子供部屋おじさんって言われた気がするし、なんかもう、つらい。

「静かにしなって。一般の人、いっぱい来てるぢゃん」

その時、一人の女性が近づいてきた。

見た目は若くて綺麗だ。髪色は長い金髪で、なんというか、ちょっと言い方はアレかもしれないが、ギャルっぽい。何でこんなとこに？

男たちは聞こえていないらしく、相変わらず小競り合いを続けている。

すると――。

「〝縛りあげろ〟」

ギャルが言葉を発した瞬間、陳列されていた一部の野菜がにょきにょきと伸びて、男たちの身体を持ち上げた。

まるでＳＭプレイのように情けない姿で、空中で身動きが取れなくなる二人。

それが滑稽すぎたのか、周りから笑い声が聞こえはじめる。

「ぐっ誰が――み、碧《みどり》さん⁉」

「いい加減にして。周り、よく見て」

「す、すみません……」

ギャルは男たちの顔見知りらしく、素晴らしい手際で争いを収めた。

……碧ってまさか……!?

「で、あなたが阿鳥っち？」

こっちに振り返った瞬間、俺の名を呼んだ。

「あ、はい。もしかして……碧さんですか？」

「そそ、あたしですー。よろしくっちー」

差し出された手はマニキュアが煌びやかに輝き、まつ毛もビンビンだった。

でも香水がちょっといい匂いで、鼻を動かしていたら、気づいた御崎に「嗅ぐな」と言われてしまう。怖いよ、お姉さん！

この野菜直売所は佐藤さんの紹介だ。販売スペースの空きがもらえるのかどうかを聞く為に、責任者の名前を教えてもらった。

既に話は通していると。

そしてその名前が、碧さんだと聞いていた。

「こんな見た目で!?と思ったっしょ？」

「ええと……少し……」

にへっと笑う金髪美少女、耳にはピアスがきらりと光る。

佐藤さんいわく、彼女は誰よりもダンジョン産の食料に詳しいらしい。

失礼だが、人は見かけによらないな。

「にへっ、よく言われるんだよねー。あれ？　隣の人は？」

「初めまして、一堂御崎です。経理担当をしています」

よそ行きモードの御崎はとても丁寧だ。

けれども数秒後、二人が同時に眉を顰めた。

「……一堂って……もしかして、ドンタッチミーのミサちゃんじゃない？」

「え？　あ！　嘘……キューカンバーのドリちゃん⁉」

え、なに？　どういうこと？　何その二つ名？　触るなのミサとキュウリのドリ⁉

君たちは元、錬金術師なの？

「えー！　久しぶりー！　なになにー、今ここで働いてるの！」

「そっちこそー！　なに経理担当って！　笑えるー！」

まさかの知り合いっぽい。すげえ仲良さそうだな。

「ミサちゃん、めちゃくちゃ真面目になってんぢゃん！　昔はガングロで他校の不良をボコボコにしてたのに！」

え……御崎ってそんなやばヤンキーだったの？　いや、片鱗はあるが……。

「ドリちゃんこそ、食べ物を粗末にした人たちを、焼き野菜土下座させてたのに！」

焼き野菜土下座ってなに？　俺の知識がないだけ？　常識なの？

それからも二人はよくわからない単語と、明らかにヤバイ話で盛り上がっていた。

一つわかったことは、高校の同級生だということ。

そして二人が食べ物を粗末にしていた奴らにお仕置きした昔話がやばく、とても聞いていられなくなったので、急いでおもちと田所の耳を塞いだ。

「おもち、田所、聞いちゃダメだ、聞いちゃダメ、聞いちゃダメ」

「キュウ……」「ぷい……」

「――でさーそうそう――顔面がさ――野菜だらけになって――」

「あー懐かし――血が――這いつくば――」

拝啓、佐藤さん。野菜直売会が少し怖くなりました。

「ごめんごめん、驚かせちゃったね！　改めてよろしく、新芽碧《しんめ》っす。敬語苦手なんで、そっちも普通でおけ！」

昔話がようやく終わり、碧は改めて俺に自己紹介をしてくれた。

ギャルの話は長いと聞いたことはあるが、本当に長かった。あ、元ギャルか。

「なら、遠慮なく。――山城阿鳥だ。よろしくな。そういえば、さっき男たちを捕まえたのは魔法か？」

その時「また聞いてる……」という目で御崎が見てくる。だって、気になるぢゃん！

「あ、そうそう！　植物とか野菜とかを動かしたりできるんだよねー！　あんま使えないけど！」

ぎゃははと笑う彼女はとても明るい。御崎も、ふっと笑う。二人の関係性が少しわかった気がする。

今後長い付き合いになる可能性もあるし、見知った顔がいると安心だ。

「じゃあ、そろそろ本題に入ろっか？　販売したいのは自作の野菜とかでいいってこと？」

「ああ、ほかにも卵や牛乳とかもあるんだ。法律に則って基準値は調べてるよ。ミルクの瓶とかはまだ作れてないが、ゆくゆくは考えてるな。ただ、薄利多売ではなく、めずらしい物だから、単価を高く設定したい。そのあたりのプロの意見を聞かせてもらえないか？」

キャリーに乗せていた品を、ゴロゴロとおもちが押してくれた。

素晴らしいサポート、帰ったらなでなでしてやるぢゃん！

「見ていい？」

「もちろんだ。味見も頼む。厳しめにチェックしてもらえたほうがありがたいな」

碧はしゃがみ込み、ミニダンジョン産の卵、煮沸して水筒に入れたミルク、そして一般的な野菜に触れると、手触りを確かめたり、匂いを嗅いだりした。

試食もしていいと伝えたので、ちぎって食べはじめる。

驚いたことに、あのダンジョンでは一般野菜もぐんぐんと育つ。大きさは少し小さくなるのだが、味が濃厚で身が詰まっているのだ。

一人暮らしをしていた俺にとって、一般的な野菜は多すぎる時がある。

冷凍だったり、しっかり保存しないと野菜はすぐにダメになっていく。

なので、小さいのはそれはそれで需要があるだろう。

「美味しい……。こっちはもしかしてコニワトリの卵？」

「ああ、そうだ。ゆで卵にしてみたんだ。どうぞ食べてくれ」

丁寧に殻をむきパクっと食べる碧。目を大きく見開いたかと思えば、勢いよく平らげた。

突然、立ち上がって――。

「最高ぢゃん！　野菜も新鮮だし、これ全部無農薬でしょ？　それでこんなに形も綺麗なの？」

「そんなことまでわかるのか。全部、ドラちゃんのおかげなんだ」

「ドラちゃん……？　それって道具を出してくれるロボット？」

「そうそう。いつも、ふすまで寝ててなって、ええとな――」

碧の疑問に答えるべく、俺は精霊のドラちゃんのことを話した。彼女なら信用できるだろう。

「なにそれ神ぢゃん……野菜の王ぢゃん……」

無農薬の場合、野菜は不揃いな形になることが多いらしい。

土壌の問題で品質の管理も難しくなるらしく、つまりドラちゃんは俺の知らないところでそれもすべてしてくれていたのだ。
世界中の農家が、俺を殴って倒してでもドラちゃんを欲しがると言われた。
でもそりゃそうだよな。帰ったらもっとドラちゃんをねぎらおう。
でも殴らないでくれ。
「それで、どう？」
ずっと傍観していた御崎が、碧に尋ねる。
碧は、ふっと笑ってマニキュアが綺麗に塗られた手を再度差し伸べた。
「ありのよりのありでしょ！」
「よし！　じゃあ、交渉成立ってことで」
無事に話が決まって、ほっと胸をなでおろす。
とはいえ、ここからが始まりだ。
書類の手続きだったり、衛生管理のことや売り上げの管理の話もした。
それもあって、まずは碧に買い取ってもらうのはどうかという話になった。
俺たちは二人だけしかいない。
直売所に常駐して販売するのも大変だし、スタッフを雇うにしてもすぐにはできない。
なので、それはありがたかった。
それに驚くほどの買い取り金額を提示してくれた。いや本当に目が飛び出るくらいだ。

「こんなに……いいのか？」

「ぜーんぜん！　質を考えたらこれでも安いぐらいだし」

無事にいいスタートを切れそうだ。


「意外と早く終わったな。にしても、碧とそんな仲良かったのか？」

「そうね。でも、昔のドリちゃんはもっと荒れてたよ。実家が農家だったから野菜が好きなのは知ってたけど、凄く大人になっててびっくり。元気そうでよかった」

過去を語る御崎は、今まで見たことがないほど優しい表情を浮かべていた。

思えば俺も御崎のことは詳しく知らない。人には色んな過去があるはずだ。

それでいうと魔法も先天性と後天性のものがある。

生まれながらに備わっている人もいれば、のちに発動する人もいる。

ある人は事故で死にかけた際に、またある人は、誰かを助ける為に。

そんな俺も……後者だ。

今でもたまに、あのころのことを思い出す。

焼けた家屋の中で、死を覚悟したあの瞬間――。

「キュウ！」

「ははっ、どうしたおもち。さびしいのか？」

「ぷいにゅっ」

「田所もか」

おもちが肩に乗って、田所が頭に乗ってきた。

隣で歩いていた御崎が、ふふふと笑う。

「いま阿鳥、さびしい顔してたでしょ、多分、それがわかったのよ」

さびしいか。確かにずっとそう思っていた。でも、今は忘れかけている。

おもちや田所、御崎、ドラちゃん。

佐藤さんに雨流。

騒がしいが、最高の日々を過ごせている。

「で、どうしたの？　何考えてたのよ」

「俺も昔のことを思い出してただけだ」

「ふーん。……で、なに？」

「たまには俺だって秘密にしたいことがあるよ」

「阿鳥のくせに生意気だー！」

「キュウキュウダー」

「ぷいぷいだー」

「お前らってたまに日本語話すよな。よし、近くにモンスターランってのがあったはずだ。最近配信もできてなかったし、そこで撮影しないか？　帰りにドラちゃんにお土産を買って帰ろう」

「いいね、賛成ーっ！」


俺たちは『ヤマビコ・モンスターラン』と書かれた看板の前に立っていた。

わかりやすくいえば、ドッグラン施設の魔物版だ。

目の前には、サッカー場ぐらいの大きさのコートが広がっていた。

大きな柵の中では、大勢の魔物が楽しそうに遊んでいる。

おもちと田所は我慢できないといった様子で、めちゃくちゃ可愛い。

「まずは注意点をお読みいただき、こちらにサインをいただけますでしょうか？」

「わかりました」

とはいえ、先に手続きだけ終わらせないといけない。

当然だが、テイムした魔物しか入れない。ほかには利用時間や禁止事項、魔物の相性も記載されている。

犬で例えると小型犬と大型犬の違いみたいなものだろう。怯えてしまわないように、できるだけ区画を分けているみたいだ。

しかしそこで手が止まってしまう。

フェニックスとファイアスライムの項目がないのだ。よくよく考えれば当たり前だが、どうしたらいいのかわからない。田所はスライムでいいのか？　いや、それにしては強すぎる。

おもちに限っては伝説、つまりドラゴンと同じ扱いだ……。

「おもち、田所、ごめん。パパよく知らなくて……入れないかも」

「キュウ⁉」

「ぷい⁉」

二人が慌てて振り返る。

中には輪投げやおもちゃ、色んな器具が置いてある。それも使い放題だ。

ただし、入ることができたならば。

「帰ってアニメでも見よっか……」

「キュウ……」「ぷい……」

しかし俺たちの様子を見てくれていた店員さんが「ちょっと待ってくださいね」と上に掛け合ってくれた。不安ながらに待っていると、笑顔で戻ってきた。

「入れるみたいです。ただし、別の誓約書のサインだけいただきたいのですが」

「マジっすか⁉　もちろん書きます　大丈夫だってさ、おもち、田所！」

「キュウー！」「ぷいぷいっ！」

そしてなんと視聴者だった。こんな偶然あるんだな。

「いつも楽しませてもらっています。モンスターランは撮影も可能ですので、配信もご自由にどうぞ」

そういってくれたお兄さんの笑顔はとても素敵だった。

お言葉に甘えて、俺たちは配信をすることにした。

御崎がスマホをセット。〝動かしてあげる〟を発動。

「お久しぶりでーす。ミサキです！」

「アトリですー。ミニグルメダンジョンで忙しいのですが、ようやく落ち着きました」

よく見ると登録者数がめちゃくちゃ増えている。

どうやらダンジョンの動画がかなりバズっているようだ。

〝久しぶりー！　待ってたよ！〟

〝窃盗団のニュース見たけど、大丈夫だった？〟

〝どこだここ？〟

〝ミサキちゃんだー！〟

〝おもち、おもちー！〟

〝田所どこ？　見えない！〟

コメントでも言及された通り、以前の窃盗団の件は大々的にニュースになっていた。

そのおかげでというわけじゃないが、魔物の所有権や法律について議論が白熱化しており、近いうちに法の整備もされていくと言われている。そしてそこにおもちゃ田所、俺や御崎、雨流のことも書いてあったらしく、掲示板には専用のスレッドが立っているとか。

たまに調べたりもしていたが、ドラちゃんの炎上以来エゴサはやめた。俺のメンタルは強くないからな！

「今はヤマビコ・モンスターランに来ています。場所は都内の最近できたところなので、かなり大きいですね」

それから詳しい紹介に入った。

施設は大きな柵で囲われているところがメインで、トリミングやプール、お土産ショップもある。

モンスターの一時的な預かりも可能らしく、何かあってもいいように病院も隣接している。

〝興味でてきた。行ってみたい〟

〝それぞれの値段は？〟

〝魔物がいないと入れないの？〟

テイムした魔物がいないと柵の中には入れないが、外から眺めることはできる。

このあたりは各施設によって違うらしく、俺がいるヤマビコではそうらしい。

「じゃあ、おもちと田所が我慢できないらしいので、そろそろ遊びたいと思います！」

「キュウキュウー！」

「ぷいっぷいぷいぷい」

二人のテンションは最高潮だ。それが可愛いらしく、配信も盛り上がっていた。

柵の中に入ると、周囲から異質な魔力が感じられた。

目を凝らすと、バリア魔法が張られているとわかった。なるほど、用意周到だな。

〝すげえ、魔物がたくさん〟

〝楽しそうー！　みんな子供みたいにはしゃいでるね〟

〝犬かと思ったらウルフか〟

様々な種類の魔物が大勢駆け回っている。

空中にはふよふよ浮いている輪っかがあった。おもちがそれを見てうずうずしている。

「おもち、我慢しなくていいぞ」

「キュ！」

地を蹴ったおもちは高く飛び上がり、オリンピック選手並みにクルクルと回って次々と輪っかに入っていく。楽しんでいる姿を見られるのはいいな。

そして、めちゃくちゃ目立っていた。

「あれ、フェニックスじゃね？　すげえ」

「マジ？　赤いだけじゃないの？」

「いや、俺見たことあるぞ。おもちだ！」

嬉しさと恥ずかしさが混在する感じだ。でも、誇らしいな。

それからおもちは、田所を背中に乗せて遊んだりしていた。

鳴き声からもわかるが、最近で一番楽しそうだ。

それを見て、初めて会った時のことを思い出していた。

なぜおもちは死にかけていたのか。

今まで魔物相手におもちが瀕死になったことを見たことがない。

どのダンジョンから飛び出してきたのか、どんな敵がいたのか。まだまだわからないことだらけだ。

「キュウー！」

「ぷいぷいー！」

〝なんかロボットになってね？ｗ〟

〝なにこれｗ　ガン〇ム⁉〟

〝さすスラｗ〟

気づけば二人は「田所ロボット改おもちｖｅｒ」に変身していた。楽しそうで何よりだが、少しトラウマなので身構えてしまう。

「キュウ？」

「ガウガウ！」

「ゴブゴブ！」

「ぷいにゅ！」

「チューチュー」

気づけばお友達ができている。

ゴブリンにウェアウルフにネズミ……か⁇　よくわからないが、意気投合したらしく順番におもちの背中に乗っている。

……なんかもう知能凄くない？　人間超えてない？

「みてみて、僕のウルフが楽しそう」

「私のチューコも」

あ、ネズミはチューコっていうんだ。

それから飼い主さんともお話をした。専用のフードやほかの施設のことも教えてもらって、有意義な時間を過ごせた。

ちなみにチューコの飼い主はすげえ可愛かった。正直ちょっとタイプだった。

〝アトリ、顔あかくね？〟

視聴者にはバレてたっぽい。

〝ほのぼのでいいなあ〟

〝見ていて癒される〟

〝こんな幸せそうなら、俺もテイムしたい〟

どうやらみんなも大満足らしく、俺もほっこりした。

「ねえ、さっき女の人と何話してたの？」

その時、御崎が真顔で尋ねてきた。

「ああ、魔物の話とかだよ」

「ふーん、そのわりには嬉しそうだったね」

「そ、そうか？」

ま、まさか見られていたとは……。

〝ミサキ、もしかして〟

〝女心がわからないアトリ〟

〝鼻の下は確かに伸びてた〟

追従するかのようにコメントが増えていく。

まずい、このままでは怒られエンドになってしまう。ど、どうすれば⁉

そうだ、本音を混ぜつつ、御崎がなんでやねんっと笑ってくれるように！

「でも、御崎と話してる時が一番楽しいよ」

これは本音だ。しかし御崎なら「なんでやねん」と突っ込んでくれるだろう。

と思っていたら返事が来ない。
よく見ると頬が赤い？　そして恥ずかしそうにそっぽを向いた。
なんだか、耳まで赤い気がする。
「……配信中なのに」
あれ？　これってどういうこと？
もしかして俺、変なこといった？
〝わかりやすいミサキ〟
〝朴念仁アトリ〟
〝みなまで言うな〟
〝温かい目で見守ろう〟
〝……アトリめ〟
〝幸せ炎野郎〟
〝燃え尽きないけど燃え尽きろ〟
うーん……女心ってよく、わからないな……。

◇

「おもち、美味しいか？」

「キュウ！」

久しぶりの二人きり、自宅でおもちとうどんを食べていた。

最近はきしめんにハマっている。

太麺が、ツルツルと嘴を伝って入っていく。

「はは、見ていて気持ちがいいな」

「キュ？」

このとぼけた顔も、炎を纏っている羽根も、全部余すことなく可愛い。

おもちとはずっと一緒に眠っているが、天然の羽毛布団みたいで気持ちが良い。

頭はシャンプーで、羽根はボディーソープということもわかったし、以心伝心のレベルがあるのなら五十を突破していると思う。ちなみに百はシルク◯ソレイユレベルだ。

「キュウキュウー！」

「はいはい、ご馳走様ね」

食べ終わったあとは、いつも俺の頬をつんつんとしてくれる。

これが愛らしくて、本当に可愛い。

御崎は、田所と碧のところへ出向いている。

野菜の売り上げ金や今後についての方針を決めるらしい。

最近の彼女には頭が上がらない。まあ今まで上がったことはないが。

ミニグルメダンジョンも順調だが、ドラちゃんにも休息日を作ってもらうことにした。

といっても、魔物と遊んだりしているらしいが。

俺も今日はのんびりだ。よく考えると久しぶりかもしれない。

「ふう、お腹いっぱいだ」

「キュウキュウー」

おもちの腕枕ならぬ羽根枕でごろ寝しながら、スマホをポチポチ。

これぞ現代人の最高の贅沢だ。ｗｉｔｈおもちも最高。

「うわ、結構ニュースになってるんだな」

何気なくネットを見ていたら、先日の窃盗団についてまだ書かれている。

雨流の功績についても言及されており、死のダンジョンの制覇もそうだが、社会への貢献度が高いとのことだ。

まあ俺からすればただの無邪気な子供だ。たまにＳ級ってことを忘れそうになるほどに。

「おもち、雨流のこと好きか？」

「キュウ！」

「俺もだよ」

そういえば雨流はどうして探索者なんて危険なことをしているんだろう。

自立した大人ならまだしも、普通に考えて家族も止めるはずだよな？

本人に聞いてもはぐらかされるし、ネットで調べてみるか？　でも、それもなんだかなあ。

いや、気になる……。

ちょっとだけ……検索してみようかな？

……ポチポチ。

「おはようございます。山城様」

「え？　うわあああああ、さ、佐藤さん!?」

天井の灯りが突然遮られたかと思いきや、現れたのは武骨な執事だった。

おいおい、心臓に悪いぜ……。

「すみません。ドアの外からお声をかけたのですが、返事がなく。ドアも開いていたので心配で入ってきてしまいました」

「ああ、さっきダンジョンに行った時に開けっ放しだったのか。別に構わないよ。心配してくれてありがとう。それで、どうしたんだ？」

「おもちぃー！　可愛いねえ！」

気づけば雨流もいた。噂をすればなんとやらか。

今日は一段と可愛いピンク色のコーデだ。

「先日の件のお礼です。セナ様がコテージでお泊まりになり、大変お世話になったと」

「いや、むしろこっちが世話になったよ。窃盗団のボスを倒してくれたからな。だから、礼なんて必要ない」

「とんでもございません。セナ様のお姉様からきつく言われているので、よければこちらを」

差し出してきた袋を覗き込むと魔石が大量に入っていた。

見たこともない色があったりもする。……てか、雨流の姉？

「上級ダンジョンのものです。武器や防具にも使えますし、お金に替えることもできます。現金でお渡しするよりは使い勝手がいいだろうということで」

「……なら、ありがたく。てか、雨流に姉なんていたのか」

こんなおてんば娘の姉……。さぞ苦労しているんだろうな。

でも、妹がＳ級ってどんな気持ちなんだろう。

「佐藤、お姉ちゃんの話はしないで」

その時、後ろを振り返らずに雨流が言う。

いつもよりも不躾な感じがめずらしい。

「なんだ、仲が悪いのか？」

「……そうですね。あまり良くはありません」

ここまで佐藤さんがハッキリと明言するのもめずらしいな。

とはいえ喧嘩ぐらいはするだろう。あんまり気にすることでもないか。

しかし、雨流の姉っていうからにはやっぱり強いのかな。

すると玄関から声が聞こえた。

「ただいまー、特売だったからトイレットペーパー買ってきた――あれ、セナちゃんにヴィルさん？」

「ぷいにゅー」

そして現れる御崎と田所。

田所は擬態でカートに変身していて、そこに大量に物を乗せられている。

ディスイズ、パワハラ！

「みーちゃんっ！」

むぎゅっと御崎に抱き着く雨流。なぜか剛士を思い出すな。

そして田所カートをよく見ると、夏によく見かけるものが入っていた。

「御崎、どうしたんだこれ？」

「えへへ、最近忙しかったじゃない？　直売会も上手くいったし、ひと段落着いたからと思って。それにちょうどいいね。みんなでしようよ！」

確かにひと段落だ。それにみんなでしたほうが確かに楽しいもんな。

――ＢＢＱってやつは。

「この肉めちゃくちゃ美味いな」

「でしょ？　いいお肉買ってきたんだー」

感激しながら肉を味わっていると、御崎は次々と肉を口に放り込んでいく。

もう少しゆっくり食べて！

そういえばこれ、経費で落ちるかな？

「キュウっ」

「ぷいっ」

おもちと田所も美味しそうに食べている。どうやら焼き野菜も好きらしい。

バランスよく食べるところ、きゅん！

「どうぞ、焼きは私に任せてください」

佐藤さんは自前のエプロンを身に着けながら、火の番をしてくれていた。

なぜ持ち歩いているんだ？　準備良すぎないか？

塩コショウの塩梅もいい。この人、何でもできるな……。

「はふっはふっ、美味しいねドラちゃん」

「最高でちゅ！」

雨流はドラちゃんと一緒に串肉を頬張っている。

俺たちは、ミニグルメダンジョンに移動していた。

ドラちゃんのおかげで天井が高くなっているのと、風を操作してくれているので入り口まで煙が昇っていく。

俺の庭が狭すぎるのでここにしたが、何よりも他人に迷惑がかからない。

そして――。

「お、冷えてるな」

ダンジョンの端に、小さい水路ができたのだ。これは魔力を通して壁から真水が溢れてきているらしい。

詳しい原理はわからないが、とにかくそうなのだ。

瓶に入れたミニウシのミルクを取り出すと、ぐっと飲みほした。

ちゅめたくておいちい。

「ふう……最高すぎる」

当初思い描いていたのは田舎でのスローライフだった。

今はそれに近い暮らしができている。

とはいえ、まだまだやるべきことはたくさんある。

ここに住み続けるならば、老朽化した家を建て直したほうがいいだろう。

それには莫大な資金がかかるのと、思っていた以上にミニウシたちの餌代もかかることに気づいた。

配信者としての活動も支えになってくれてはいるが、もっと安定した生活の基盤が欲しい。

「キュウキュウ！」

するとおもちが、近づいてミルクを強請ってきた。

ほんと、可愛いな……。

「おもちのおかげで俺は幸せだよ、これからもよろしくな」

「キュウ！」

それともう一つ、俺たちにはやらないといけない重要なことができた。いや、できてしまった。

「御崎、ダンジョンの話はどうなってる？」

「来月から私たちはB級になるみたい。色々行ける場所も増えるらしいわ」

「そうか、良かった」

庭にできたダンジョンが突如崩壊し、すべてが消え去ったという掲示板を視聴者さんから教えてもらった。

そして佐藤さんとドラちゃんいわく、魔構築が足りないとそうなる可能性はもしかしたらあるとのことだった。

ミニグルメダンジョンを崩壊させない為には大量の魔石が必要だ。

そして核というものがあればさらにダンジョンが安定するらしい。

いいタイミングというわけじゃないが、御崎の言う通り、窃盗団の功績で俺たちはB級に上がれることになった。

今後の目標はスローライフをさらに安定させつつ、家を建て替え、様々なダンジョンを巡って魔石を集めていくこと。

それには大きな危険や新たな出会いがあるだろう。

けれども、おもちや御崎、田所や雨流、佐藤さんがいれば怖いもんなしだ。

「それに、雨流と佐藤さんがいればダンジョンなんて楽勝だよな」

俺がふと口にした言葉だったが、佐藤さんが困ったように頬を掻いた。

「すみません……私たちはS級なので政府から依頼を受けたダンジョン以外はそう簡単に許可が下りないんですよ」

「……え、まじ」

正直、少し当てにしていたが……まあでも、当然か。さすがにズルはできないらしい。

「おもち、これからも頑張るぞ！」

「キュウキュウ！」

「ぷいぷい！」

「田所もよろしくな」

「私も、でしょ」

「はい、御崎ママ」

俺たちの冒険はまだまだ始まったばかり。これからも頑張るぞ。

第五章：家族が増えていくのだ。

「阿鳥、この前の出荷分なんだけど計算しといたから」

「はい！」

「阿鳥、ドラちゃんのお風呂用ミルクの補充よろしく」

「はい！」

「阿鳥、おもちゃんとたどちゃんの身体洗ってね」

「は、はい！」

俺のまったりスローライフどこにいった⁉となるほど、忙しい日々を過ごしていた。

ミニモンスターたちの世話は思っていたよりも大変で、剛士さんからもらった肥料を機械で自作したり、やることもいっぱいだ。ちなみに、御崎は俺以上に忙しいので感謝しています。

「キュウキュウ～！」

「ぷいっにゅー」

土で汚れたおもちと田所の身体を庭で洗う。

冷たくて気持ちが良いらしく、二人とも嬉しそうに声をあげた。

「ん……？　ぺろっ」

いや、土かと思ったらチョコレートだった。うまい。

「新ダンジョンの入場許可が下りたから予定通り行く?」

「ああ、そうしようか」

縁側でノートパソコンをカチカチと触っている御崎が、以前から探索委員会に頼んでいたメールの返信を読み上げながら言った。

崩壊を防ぐ為に、魔石とお金集めを頑張らなきゃならない。

「にしても、何度見てもこれは怖いよなあ」

『うわあああ、天井が崩れてええええ、ああああ』

二人を洗い終えたあと、インターネット掲示板のスレッドにあった、ダンジョンが崩壊していく動画を再生した。

ダンジョンが無残にも消えていく姿と、悲壮感たっぷりの撮影者が映っている。

ただうちはドラちゃんがいるので突然に、ということはないらしい。

雨流の姉からもらった魔石で当面は問題ないとのことだが、たまにチョコレート壁の流れが悪い時がある。いや、これが関係しているのかはわからないが。

「そういえば雨流は今日遊びに来るって言ってなかったか?」

「あーなんか大変なんだって。お姉ちゃんと喧嘩したって、ヴィルさんから連絡があった」

「なるほど……」

最近ネットで騒がれているが、佐藤さんも言っていたように姉と仲がよろしくないらしい。

ちらりと見た記事からすると犬猿の仲で、雨流の探索者の資格を取り上げようとしているとか。

魔石をもらったので会ってみたい気もするが、なんか怖いよなあ。

「まあ、雨流が家に来たら来たで騒がしいから落ち着いてていいか」

「キュウキュウ！」

そんなこと言わないの、とおもち。

はい、すいません。

まだ残っていた水分をバスタオルでふいてやると、おもちと田所は喜んだ。

縁側に座って、ごろんと一緒に空を眺める。

「ふう、気持ちいいな」

ノートパソコンを置くと同時に、御崎も横になって空を見上げた。

「そうね、ほんと気持ちいいわ」

ふと視線を横に向ける。御崎がこっちを見ていた。

なんだか、いつもより妖艶な目だ。

「ねえ、阿鳥」

思えば彼女とずっと一緒にいる。

会社を辞めたのも、御崎が大きな理由だといっても過言ではない。

顔もスタイルも、モデルさんかと思うほどの綺麗さだ。

加えて頭も良いし、度胸もある。

……あれ？　凄く良い？

そう思ったら、少し恥ずかしくなってきた。

御崎も、俺を見つめている。

うっとりしているような――。

「ねえ、朝ご飯まだ？」

前言撤回、気のせいでした。


そびえたつ灰色の建物。丸くて表面がツルツルしている。

今までとは少し違って、なんかボールっぽいな。

「準備はいいか？」

「キュ」「ぷい」「はい」

俺たちは以前と同じように、入り口の水晶に手をかざして中へ入っていく。

「……とりあえず問題なしか。前とは雰囲気がまったく違うな」

「そうね、凄く狭い……逃げ道がないってのは不安だわ」

第一層に到着。以前は草原だったが、ここは普通の地下ダンジョンという感じだ。

レンガのようなものが壁に敷き詰められており、真っ黒い道と薄暗い灯。

ちなみにこのダンジョンはＢ級以上しか入れない。その分、魔物は強くなるが、アイテムとやらも入手できるらしい。

名前は『魅惑のダンジョン』だそうだ。

「久しぶりー！　懐かしい匂いだー！」

同時に聞きなれない声が、頭の上から元気に発せられた。

誰かと思ったが、すぐに思い出す。

「友達いっぱいできるかなー！」

田所だ。

そういえばダンジョン内は魔力が満ちているので喋れるのか。

「相変わらず元気だな。一気に不安が吹き飛んだよ」

「そうかなー！」

〝田所が喋ってる⁉〟

〝久しぶりに聞いた〟

〝こんな可愛い声だったんだ〟

いつも通り御崎にお願いして撮影をしてもらっている。

最近動画を見始めた人は、田所が話せることを知らないらしい。

実際、俺もすっかり忘れていた。

「キュウキュウ」

「そうなんだー！」

その時、田所がおもちと話していることに気づいた。

「……田所、おもちの言葉がわかるのか？」

「わかるよー！」

何とも驚きだ。いや、そういえば普段から二人でジェソガをしたりしているもんな。

待てよ、ということは……おもちの言葉を翻訳してくれるってことじゃないのか？

俺とおもちは意思疎通はある程度できている。

だがそれでも細かいことはわからない。

背中をかいてと言われても、どの部分がいいとか、強弱とかはわからないのだ。

いや結構わかっているか？　と、今そんなことはどうでもいい。

俺はおもちに聞きたいことがあった。

ずっと、ずっと聞きたかったことだ。

誰もが一度は想像したことがあるだろう。

猫や犬、愛するペットと話せるならこのことを尋ねてみたい――と。

「田所、ちょっと耳を貸してくれ。いや、どこが耳だ？」

「ボクの体に口を突っ込んでくれたら周りに聞かれないですむよー！」

と言われたので、むにゅっと口をつけると沈み込んだ。

〝何してるんだ？〟

〝窒息死しそう〟

〝こういうゼリーのお菓子あったよね〟

御崎も「何してるの？」と尋ねてきたが、どうしても今聞いておきたいんだ。

あとにしたら聞けなくなるかもしれないしな。

「――って、聞いてみてくれないか？　配信中だからこっそりな」

「はーい！」

田所はぴょんぴょん飛び跳ねると、おもちのところへ進んでいく。

「こっそり」と言ったのだが、大声で叫びはじめた。

「おもちっち！　ご主人様がー！　俺と一緒にいて幸せかーって聞いてるよー！」

「た、田所⁉」

声が大きすぎるだろ⁉　あまりの恥ずかしさに赤面してしまう。

それを聞いたおもちが「キュウキュウ、キュウキュウ！」と叫んだ。

〝さびしがり屋かよｗ〟

〝でも確かに聞いてみたい質問の一つだよね〟

〝ごくり……〟

不安だった。おもちに無理をさせていないか、こんなダンジョンに連れてきて戦わせて、嫌じゃないか。

固唾を飲んで待っていると、田所が——。

「すっごく幸せで、毎日が楽しいよって、ご主人様！」

その瞬間、俺は——。

〝アトリどうした〟

〝おや、目から涙が……〟

〝顔をそむけた〟

〝よしよし〟

〝なんか目から零れてる〟

〝泣いた〟

〝私もペットに聞いてみたい〟

〝全米が感動した〟

「ほんと、昔から心配しすぎなんだから」

「キュウキュウ」

とんっと俺の肩を叩く御崎。

おもちも寄り添ってきてくれた。

「ありがとうみんな。……よし行こう！　油断せずにな！」

そして俺たちは突き進んでいく。

「あ！　ご主人様、最近、うどんちょっと茹で過ぎだから気をつけてほしいだって」

「……ハイ、わかりました」

〝わろたw〟

〝おもちのダメ出し〟

〝うどんの茹ですぎはダメキュウ！〟

〝どんまいアトリ。でも、みんな君のことが大好きだ〟

「ピイイイイイ！」

おもちの炎のブレスが、スパイダービーツと呼ばれる、デカイクモを焼き払った。

〝一撃粉砕！〟

〝相変わらず強すぎる〟

〝蹂躙《じゅうりん》火山《かざん》〟

〝最・強！〟

クモは一撃で絶命、御崎は嬉しそうに魔石を取り出す。

「大量、大量、おもちゃん強いねえ」

「キュウキュウ」

「いや、強すぎだろ……」

ここは既に十層。わかっていたことだが、どの魔物も相手にならない。

おもちのブレスで一撃か、田所の体当たり、もしくは田所ソードで一撃粉砕だ。

「強いねー！　簡単だー！」

「まあ、簡単……だな」

しかし心配は拭えなかった。

苦労をしないということは、何かあった時にどうしても油断してしまうからだ。

命は一つしかない。油断はできな――。

「ピイイイイイイ！」

あ、また二体死んだ。

〝進め、すすめー！〟

〝倒せ倒せー〟

〝最下層までいっちまえー〟

うーん、やっぱり簡単か……？

御崎は小さな鞄を持っていた。

そこにポイポイ魔石を入れていくが、まったく膨らんだりしない。これは佐藤さんから譲ってもらった〝魔法袋《アイテムバッグ》〟だ。

とあるダンジョン産のもので、中に魔力が埋め込まれている。

通常の鞄よりも何倍も容量があるので、かさばる魔石集めにもってこいだ。

といっても、御崎は普段から愛用しているが。

「ねえ阿鳥」

魔石を拾っていた御崎が、何かに気づく。

前に進むと、下に向かって螺旋階段が続いていた。

おそろしいほど深いらしく、下まで見えない。

「これはやばそうだな……」

〝暗すぎて怖いな〟

〝物を落として確認は?〟

〝確かにありあり〟

視聴者のアイディア通りに石を落としてみると、少ししてからコンっと音が聞こえた。

どうやら思ったよりは浅いらしい。

「どうする?」

「うーん、魔石の集まりはどうだ？」

「数は多いけど、大きさはそれほどでもないかも。ドラちゃんが言っていた感じだと、もう少し大きいのがあれば……」

「そうだよな……」

ここへ来たのはミニグルメダンジョンを安定させる為だ。

ちなみにB級以上のダンジョン入場は政府が管理しているので、入場にそれほど安くない金額もかかっている。

相談した結果、もう少し進もうとなった。

もちろん念入りに気をつけた上で。

「俺が先頭、おもちは上から様子を見つつ。田所は御崎の頭の上で、何かあったら擬態で臨機応変に頼む」

「わかった。気をつけてね、阿鳥」

「もちろんだ。俺が見せたいのは、楽しいダンジョン配信だからな。ピンチは誰も望んでないだろ」

覚悟を決めて、階段をゆっくり下っていく。

どこからか水の音が聞こえている。

足音は響いているが、魔物が現れる様子はない。

〝緊張感があるな〟

〝ホラー映画を見ているみたい〟

〝これぞダンジョンって感じだな〟

視聴者のみんなも固唾を飲んで見守っているのか、コメントも普段より穏やかだ。

そして中盤に差し掛かった時、今まで歩いてきたはずの上から何か音が聞こえた。

同時に、おもちが「ピイイイイ」と叫ぶ。

ガコンガコンと、何かが大きく音を立てている。

「なんだ⁉」

見上げると、階段だったはずの段差が平らになっていた。

まるで滑り台のように滑らかに変化しているのだ。そして何よりもおそろしいのは、大きな岩が転がってきていることだ――。

「嘘でしょ……」

「おいっっっ！　走るぞ！」

恐怖で足がすくみそうになるも、思い切り叫んで鼓舞した。

〝やべえええ逃げてくれえええ〟

〝罠だったんだ、はやく！〟

〝怖い怖い怖い〟

おもちを狙っているかのような魔力の光が、壁から放たれている。

おもちはそのすべてを回避しているが、俺たちを見ている余裕がなく下降していく。

「クソ、これじゃ間に合わねえ――」

「きゃあああああ」

やがて階段がすべて滑り台のようになると、俺と御崎は抗うことができなくなる――。

「田所、御崎を頼んだぞ！」

「わかったー！！」

田所は、形状を変化させながら御崎を覆っていく。

これで彼女は大丈夫だろう。

「ちょっと、阿鳥どうするの――」

地面に槍でも刺さっていたらアウトだ。何とか耐えきれるものであってくれ。

すると青い何かが見えてきた。いやこれは――。

「水⁉　いや、川か！」

次の瞬間、俺たちはドボンと水の中に入った。

身体が沈んでいく。流れが凄まじく、顔を出すのがやっとだ。

おもちは必死に俺を掴もうとしたが、魔力の光にまたもや狙われている。

「おもち、俺のことはいい！　御崎を見ててくれ！」

「キュウ……キュウウウウウ！」

溺れかけた状態で御崎に目を向けると、田所が浮き輪に擬態していた。だが流れが速くて流されてしまう。

するとおもちが、俺の言う通りに、田所ごと御崎を嘴で引っ張ろうとしている。

「頼んだぞ！！！」

「おもちゃん、阿鳥が！」

やがて流れに抗うことができなくなり、身体が沈んでいく。

「く……」

苦しい、苦しい、苦しい――。

油断していたわけではないが、心のどこかに隙があった。

この面子なら何とかなるだろうと。

まだだ、このままじゃ終われない。

俺の幸せは、まだここから先にある。

薄れゆく意識の中――アナウンスが聞こえはじめた。

『耐性を確認、耐性を確認、条件が満たされました。新たな魔法を習得しますか？』

なんだ……耐性だと？

よくわかんねえが……はいに決まってんだろうが！

『承認。水耐性（弱）を習得しました』
くそ……なんだって？
『承認。水耐性（中）を習得しました』
何だ、身体が……。
『承認。水耐性（強）を習得しました』
息が、楽に……？
『承認。水耐性（極）を習得しました。続けて魔法を習得することが可能です』
ああくそ、もうなんでもイエスだ！
『承認。水を〝充水〟することが可能になりました』
次の瞬間、俺の体に新たな魔力が宿っていくのを感じた。
二つの魔力が、交わって合わさっていく。
そして――。
「ゴホゴホっ……ふう、なんだ、なんで生きてるんだ……」
長時間流され続けたあと、なんとか陸地に辿り着いた。
地下の空洞のような場所だが、かなり広い。
御崎の姿はないが、おもちと田所が助けてくれているはずだ。
それから、頭に流れていたアナウンスを思い出す。

『水耐性（極）。水を〝充水〟』

……嘘だろ？

俺の魔法は火耐性（極）だ。ありとあらゆる炎を無効化、だがそれが進化した……？

「ははっ……まだまだわからねえことばっかりだな」

事実はまだわからないが、思わず笑みを零した瞬間、ビュンッと上から何かが飛んできた。

それは魔力が込められた、鋭いビームのようなものだ。咄嗟に回避したが、地面が鋭くえぐれている。

「なっ――!?」

ビームの方向、そこに目を向けると、水そのものから形作られたような魔物がいた。

うねる波のように滑らかに動き、身体は透明に近く、青白い光がその中で脈打っている。

そして次の瞬間、鱗が輝きはじめた。

背びれが動くと、まるで水が跳ねるように弾け飛ぶ。

咄嗟に、神話のドラゴンを思い出した。

いや――水の龍、水龍か！

「クソ、水って相性最悪じゃねえか……」

いや……ちょっと待てよ。

俺さっき、水耐性（極）を習得したんじゃなかったっけか？

「ガウウゥ！」

なぜ怒っているのかはわからないが、水龍は獰猛な犬のように俺に威嚇してきた。

もしかして、眠りを邪魔したとかそういうテンプレか？

「とりあえず落ち着いてく――」

有無を言わさず鋭く放たれる水のビーム。

俺は咄嗟に身体を翻《ひるがえ》して回避した。

「落ち着けって！」

水耐性（極）を習得したというのが本当《マジ》なら無傷かもしれない。

でも、でもさ……地面めちゃくちゃえぐれているんだよな。

試したいけどそれが即死レベルって怖くない⁉

失敗したらお陀仏だよね⁉

ということで、俺は攻撃を受けずに何とか逃げようｏｒ戦おうと考えていた。

「ガウウウウ！」

うーんでも、逃げ道がない……。

いや、あるにはあるか。

チラッと奥に扉が見えるからだ。

普通に考えると、水龍を倒せばってことになるだろうが――。

ビュンッ――！　ぬおおお⁉　どうやって倒すんだよ⁉

「なあなあ、聞いてくれよ。俺はその扉から――」

「ビュンッ！」

「だからさあ別に！」

「ビュンッ！」

気づけば地面が穴だらけだった。

炎の充填を使って高速回避しているが、そろそろ切れるかもしれない。

となると、もう説得は無理か――。

「……いいぜ、だったらどっちかが倒れるまでやろうか」

そして俺は剣を持つ動作で拳を握った。

炎の充填を一気に解放し――疑似田所ソードを形成。

短時間しか持たないが、これで決着をつけてやる。

「ガウウウウ！」

「格好いいだろ、これも苦労したんだぜ」

おもちに協力してもらい、何度も炎の充填を繰り返して習得したものだ。

本物の田所ソードより威力はずいぶんと下がるが、それでも威力は凄まじい。

防御一辺倒だった俺はもういない。

「ここからが本番だ」

「ガウッガウウウ！」

遠慮なく放たれる水のビーム。

躊躇なく眉間を狙っているところは賞賛に値する。

「けどなあ、もう逃げてばかりじゃねえぜ！」

水を思い切り弾き返すと、ジュッと炎に触れて気化しながら飛び散る。

水龍は少し驚いたらしく、背びれを動かして移動を始めた。

身体の水を揺らめかせながら、スピードをあげて動きだす。

「どうやって浮いてるんだ？」

「ガウウウウウ！」

質問に答えてくれるわけもなく、勢いよく突進してくる。

寸前で回避し、離れ際に一太刀を浴びせた。

しかし、ジュッと音を立てただけで、傷がすぐ戻っていく。

ダメージは与えられていない。

「なるほど、一筋縄ではいかねえんだな」

「ガウウウウ！」

再び放たれる水のビー、いや、水大砲だ。

とてつもなく大きな水球を放ってきた。これは打ち返せない。

咄嗟に剣を解除して、身体全体を炎で覆う。

身体にぶつかるも、炎で蒸発させた。

だが、充填が切れたアナウンスが脳内に響く。

「あーあ……。いよいよ確かめる時が来たか」

水耐性（極）。

俺が水龍《コイツ》に勝つにはもうこれしかないだろう。

「とりあえず弱いのを一発頼む……な？」

だがそんな希望を聞いてくれるわけもなく、水龍は再び大きな水大砲を放ってきた。

水耐性（極）を向上させ——身体ごと受け止める。

「ぐ……うううううう⁉」

思わず目を瞑ってしまうほどの勢いだったが——『水を〝充水〟しました』。

脳内に響いたアナウンスが、俺の勝利を知らせてくれた。

「ふう……賭けに勝ったぜ……」

水龍は目が飛び出るほど驚いている。

なんかもう、子犬みたいにびっくりしていて可愛いな。

「ガ、ガウ……？」

「さてさて」

無防備に一直線に歩く。当然、放たれる水ビーム。

「ガウウウ！」

『水を〝充水〟しました』

「ガウウウ！」

『水を〝充水〟しました』

水龍は、まるで怯えた子犬のようにあとずさる。

壁に追いやられたあとは、ガクガク体を震わせた。

「なんだ、怖いのか？」

近づくと表情がよくわかった。水龍は俺を倒そうと思っていたわけじゃない。

ただ、怖かったんだ。

それもそうか。俺たちのほうが突然ここに来たんだもんな。

「ごめんな、怖がらせて」

「ガウ……ガウ」

頭を撫でてやると、少し表情が緩んだかのように思えた。

すると――。

『水龍をテイムすることが可能ですが、どうしますか？』

「ガウウウ」

「なんだ、外に行きたいのか？」

身体を少しくねらせながら、頭を擦りつけてくる。

「うーん、でも、いいのか？　外に出たら陸地ばっかりだぞ？」

「ガウガウ」

俺の言葉がわかったのか、体の周りに水たまりを生成した。

どうやら自分の魔法で水浴びができるらしい。

「もう戻ってこれないかもしれないぞ。いいのか？」

「ガウ！」

そして、扉が開く。

「わかった。じゃあ、これからよろしくな」

「ガウウウ！」

なんと俺は水龍をテイムしたのだ。

『ダンジョンボスを討伐《テイム》しました。現在ダンジョン内に存在するパーティーは強制帰還されます』

次の瞬間、いや扉を開けた瞬間、まばゆい光に包まれた――。

「――え？」

「外……え、阿鳥⁉」

突然視界が切り替わると、そこはダンジョンの外だった。

御崎やおもち、田所、そしてダンジョンに潜っていたと思われる大勢の人たちが騒いでいた。

「ダンジョンボスを討伐《テイム》……？」

突如、後ろにあったダンジョンがもの凄い音を響かせて崩壊していく。だが周りに散らばることはない。まるで氷のようにすぐ解け始めた。

「誰が制覇したんだ⁉　いや、テイム⁉」

「どういうことだ⁉　ダンジョンボスをテイムしたやつがいるのか？」

「は、そんな化け物がここに⁉」

全員が一斉に声をあげる。やがて視線は、俺の横にいる、とても大きな水龍に向けられた。

明らかにボスというい で立ちで、水を纏っている。

「キュウ⁉」

「ぷいにゅ⁉」

「阿鳥、その龍どうしたの⁉」

おもち、田所（多分、喋れなくなっている）、御崎ですらも俺を見つめた。

正しくは、俺と水龍を。

〝生きてたのかアトリぃ！〟
〝え、なにテイムって？〟
〝もしかしてアトリがダンジョンボスを仲間にしたの？〟
〝これ、水龍じゃね？〟
〝ボスをテイムするとか前代未聞すぎないか……!?〟
〝……マジ？〟
配信も続いていたらしく、視聴者も驚いているらしい。いや、俺も何がなんだか!?
とはいえ、俺が楽しませなきゃならない。そ、そうだ――。
「え、ええと……――水龍ゲットだぜ！」
見事に大笑い――とはなりませんでした。
「ガウウ？」
まあでも、可愛いデカい犬と同じだよな。……違うか？

◇

魅惑のダンジョンでボスを異例のテイム。
さらにそれを行ったのが新人探索者でありながら、最速でＢ級に上がった人気配信者。

そのことが瞬く間にネットで広がって、今や俺のチャンネル登録者数は、うなぎのぼりの鯉のぼり滝のぼりだった。

「がう？」

「はいはい、君もうどんね」

〝これが噂の水龍か〟

〝案外大人しいんだなｗ〟

〝やっぱり青いんだね〟

〝龍ってか――犬？〟

〝確かにｗ〟

せっかくなのでお披露目会の生配信をしていた。

水龍はすっかり俺の家に馴染んだ。

ダンジョン内ではかなり大きかったのだが、今はなぜか縮んでトイプードルぐらいになっている。

それに伴ってか外見も幼くなって、今は幼水龍という感じだ。

といっても、水弾《すいだん》が撃てるのは確認済。威力は俺を狙っていた時と変わらないこともわかった。

あとは、身体を纏っていた水がなくなって、青いふわふわの毛並みになっている。

これもよくわからない変化の一つだが、触り心地が良いので深く考えていない。

あくまでも仮説だが、ダンジョン内だと大きさが元に戻るのではなかろうかと思っている。

水を吸って大きくなるおもちゃがあったが、多分そんな感じ。よくわからんけど。

「キュウキュウー」

「ぷいぷいーっ！」


ちなみにおもちと田所ともすぐ仲良くなった。

三人でじゃれているところを見ていると、心がほわほわして癒される。


〝仲良しこよしｗ〟

〝マジで癒されるな〟

〝飼い主にとって至福の時間〟

〝最高だあ……〟

「幸せだなあ……」

「ねえ阿鳥、こっち向いて」

「ん？」

振り返った瞬間、ピューと水鉄砲を顔にかけられる。当然、顔面がびちょびちょになった。

「あれ？　水耐性（極）は？」

「……このくらいの水には効かないように調節してます」

「そんなのできるんだ。だったらこれは？」

そういうと、御崎は先ほどより十倍はでかい水鉄砲を取り出す。

〝デカすぎｗ〟

〝用意がいいなｗ〟

〝首が吹っ飛ぶぞｗ〟

コメントは嬉しそうだが、俺は嬉しくない。

「おいちょっと待て――」

「御崎、いきます！」

ドピュッンッ！と繰り出される水。

さすがにこれは痛そうなので水耐性（極）を一瞬で発動させた。

『水を少しばかり〝充水〟しました』

「凄い！　水が消えた！」

「『凄い！　水が消えた！』じゃねえよ！　いきなりなにすんだ！」

「新しい魔法の確認をしておかないと」

「いやなんで今――」

と突っ込もうとしたが、再び顔面に発射されたのであった。

〝ひどいｗ〟

〝手品ショーだ！〟

〝全国の水不足はアトリのせい〟

溺れて死ぬ寸前で覚えた水耐性（極）。

そのことを電話で佐藤さんに話してみたが、やはり原因は不明だった。

うーん、よくわからないけど喜んでおくか。

「水で死にかけたから耐性をゲットしたんだよね？」

「ああ、多分な」

「そうなんだ。だったら火……あ、いや、何でもない。……ごめんなさい」

御崎が何かを言いかけて止まった。おそらく気づいたのだろう。

そう、火耐性（極）の時も同じだ。

「……御崎の想像通りだよ。火事で焼け死ぬと思った瞬間、頭にアナウンスが響いて、火耐性を覚えた。詳しいことはまあいいだろ」

「そう……ごめんなさい、嫌なことを思い出させて」

〝主にそんな過去が〟

〝辛いね〟

〝悲しい〟

御崎はいつも冗談を言うが、こういう時に茶化したりはしない。

本当に凄くいいやつだ。

「気にすんな。今はこうしてピンピンしてるから」

「はい……」

御崎が、めずらしくしゅんと俯く。

こうしてみると可愛いな。いや、実際かなり綺麗だ。

ちょっと暴力的なところもあるが、女の子らしいところもある。パッと出てこないが、多分あった気がする。

唇はプルンっとしているし、目もぱっちり二重、それでいてスタイルは抜群だ。

相棒として頼りにもなるし、仕事だって優秀。

あと、料理も俺よりちょっとだけ上手い（あんまりやらないけど）。

あれ……もしかして御崎って凄くいい……？

〝御崎ちゃん、根はいい子だよね〟

〝落ち込んでて可哀想〟

〝よしよし〟

落ち込んでしゃがみ込んだ御崎は、ゴソゴソと鞄から何かを取り出す。

ひげ剃りのような小さな機械だ。

……どこかで見たことがあるような。

それを水戸黄門のようにスっと見せてきた。

なぜかもう満面の笑みになっている。

「じゃあ、じゃあさ！　仲直りしたところでコレ試してみない？」

「……なんですかソレ」

「護身用のスタンガン」

「何に使うンデスカ？」

「火、水とくれば？　……ちくたくちくたく」

唐突ななぞなぞ。

一瞬で解答を得た俺は、その場から逃げ出そうとして、首根っこを掴まれる。

「やめろおい！　殺す気か!?」

「殺さないよ。実験、実験！」

〝殺されるｗｗ〟

〝実験開始ぃ！〟

〝どうなるか俺たちが見届けてやる〟

「それに死ぬ寸前までいかねえと耐性はつかねえんだよ！」

「そうなんだ……、だったら最強設定で一気に？」

「助けてくれ、おもち、田所、水龍！」

しかし誰も助けてはくれなかった。

キミたちボクがテイムしたんじゃないの⁉


「残念だなあ……」

さびし気な背中でスタンガンを鞄に戻す御崎。

前言撤回、やはり彼女は凄く良くないです。

〝おもちゃで遊べなかった子供〟

〝アトリと書いておもちゃと呼ぶ〟

〝ちぇっ！　見たかったなあ！〟

視聴者も期待していたみたいだが、そんなことはさせません。

とはいえ、御崎が言っていることもあながち間違いではないのだろう。

雷耐性が付くかもしれないが、ミスって死んだらただの笑い者だし、別に必要に迫られているわけでもない。

今はこれでいい。〝今は〟。

「ねえ、阿鳥を生き埋めにしたら土耐性がつくかな？」

〝わろたｗ〟

〝反省してなかったｗ〟

〝頭まですっぽりスコップでいこう〟

「マジでそろそろキレルヨ」

「怖いねえ、たどちゃーん」

「ぷいにゅっ！」

よくそんなぽんぽんと危険な実験を思いつくなと感心。

目が覚めたら生き埋めなんてされてないだろうか……不安だ。

「おいで、おもち、水龍」

「キュウキュウ！」

「がう！」

そういえば、名前を付けてあげたい。

水龍だと呼びづらいし、もっと可愛いのがいい。

「ねえ、考えたんだけどさ」

「……なんだ」

「水龍ちゃんの名前、山だ――」

「却下です」

「まだ言ってないのに……」

田所の名前は、なんだかんだで気に入っているが、さすがに連続はちょっと。

御崎《こいつ》、今度は近所のおばさんに似ているとか言いそうだしな。

〝山まで見えた〟

〝次は田だった気がする〟

〝止めて正解だったかもしれない〟

「すいりゅうか、ふむふむ」

「がう？」

触るとぷにぷにしていたり、ふわふわしていたり、ぐにゅっとしている時もある。

そしてひんやりと冷たい。

よし……決めた！

「水龍、君の名前はグミだ！　――で、いいかな？」

「がうがう！」

「はは、気に入ったか」

こうして水龍こと、グミが、俺たちの仲間になったのだった。

〝グミちゃんだー！〟

〝可愛い名前、女の子かな？〟

〝アトリの名前のセンス好き〟

「……ちょっと待てよ、もしかして」

その時、俺はひらめいた。

グミとおもちを風呂場まで連れていく。

「グミ、ここに弱い水弾を撃つんだ」

「がう?」

「ゆっくりだぞ。威力は最低でな」

「がう……」

身体を持ち上げてあげると、口から水弾が発射された。

「よし、もう一度だ!」

「がう」

「もう一度!」

「がう」

「よし、満タンだ。おもち、炎中和解除! 今だ!」

「キュウ?」

湯船にドボンしてもらうと、ものの見事に沸騰し、お風呂ができあがった。

なんと、0円だ。

「すげえ、水道代タダじゃん……」

「がう」

「キュウ」

しかしグミちゃんはこれのせいで阿鳥不振になってしまったのか、少しの間御崎にべったりだった。

あと、おもちも。

〝＊これは虐待です〟

〝反省すべし〟

〝家族を便利に使うんじゃない〟

〝仲間だろお⁉〟

当然、炎上した。

「……ごめんなさい。気をつけます」

あ、そういえば全然魔石ゲットできてねえじゃん……。

◇

「多いな……」

御崎から頼まれた買い出しのメモを確認していると、思わず声が漏れた。

グミもすっかりうどん好きになったので、消費量が増えている。

なので、業務用スーパーでまとめ買いをしないといけないのだ。

「これ、持てるかな……」

俺の自転車《スターライト》では限界の積載量かもしれない。

「キュウ?」

いくらおもちが空を飛べるとはいえ、俺を運んでくれるわけではない。

田所ロボットならなんとかなるが、今は御崎とお出かけなので留守だ。

「がううう!」

「どうしたグミ」

先日、俺たちの愉快な仲間に加わったグミが吠えている。

水龍というよりはすっかり犬化しているが、どうやら背中に乗れということらしい。

「え、でもさすがに無理じゃないか……?」

今現在、グミはトイプードルくらいの大きさしかない。

見た目は龍だが、ミニ龍なのだ。

健全な社会人男性《ほぼニート》が乗れば潰れるんじゃなかろうか。

「がうう!」

「ほんとか……?」

大丈夫、と言っている気がする。

おもちも心配そうに見つめていた。どうやら、俺と同じ気持ちらしい。

「じゃ、じゃあ乗るぞ。いいな!?」

「がう！」

どんとこい、らしい。

おもちは羽根の隙間から覗いて、身体を震わせている。

それ、見たいけど見たくない時にするやつ！

おそるおそるちょこんっと乗った瞬間、想像以上の安定感だった。

……そうか、大きさは小さくなったが、実際の体積は変わっていないのか。

「がう！」

どうだ、と言わんばかりに胸を張る。

ちなみにグミの身体は水とモフモフとぷにぷにという不思議な性質を持つ。

よって、おしりはびっちょり濡れている。

水耐性（極）を発動することもできるが、これはこれで気持ちがいいのでいいか。

「でもどうやって進むんだ？　走れるのか？」

「ががう！」

するとグミは――ほんのちょっと浮いた。

「凄え……、凄いぞグミ！」

そういえば初めて戦った時も浮いていた。

なんだろう、あれに似ている。遊園地のパンダの乗り物だ。

「よし、じゃあまずは業務用スーパーに行こう。無理するなよ」

「がう！」

「キュウ！」

おもちもようやく安心してくれたらしい。

とはいえ、歩幅を考えるともの凄い時間がかかりそうだ。

でも、たまにはのんびりでも——おおおおっぁあっあ!?

「がううう！」

「ちょ、ちょっと、は、速すぎるんだがあああぁっぁ！」

グミが気合いを入れた瞬間、足元に浅い水辺が出現し、泳ぐように進んでいく。

それは自動で先々に形成されていく。まるで、移動式プールだ。

にしても速い、速すぎる。

「がうううううう」

「も、も、もっとゆっくりいいいぃぃっ！」

速すぎて呼吸ができない——。

「ママ、あれなにー？　おじさんが小さい龍の上に乗ってるー」

「見ちゃダメ！　あれは会社を辞めてテイムした魔物を乗り物にしている極悪ニートおじさんなんだから！　ほら、お尻も濡れてるでしょ！　きっとお漏らししているのよ！」

「はーい、ママー」

なんか通りすがりにとんでもないことを言われた気がする。

気のせいだったらいいんだが……。


びちょびちょになりながらも無事に業務用スーパーに到着。

「うどんも買ったし、ネギもオッケーだな。――ん？」

必要なものを籠にポイポイ入れていると、グミとおもちがお菓子コーナーを見ていた。

「がうう」

「キュウ」

どうやら何か欲しい物があるらしい。

基本的にいつも健康重視の食事なので、余計なカロリーは抑えている。

まあでもたまにはいいか。

「どうした、何がほしいんだ？」

「がう！」

「キュウ！」

するとグミが指を差したのは（実際には見ているだけ）、『練って美味しい、こねこねこーね』だった。

対象年齢は五歳以上、カラフルソーダ味だ。

うん、絶対作れないね。

「ダメです。これはグミには作れないよ」

「がう！　がーう！」

これが！欲しいの！みたいな感じで叫ぶグミ。

がう、が買うに聞こえてきたな。

「キュウ！」

隣にいたおもちは、普段は食べないお高いお菓子の詰め合わせに羽根を指した。

前は五〇円くらいのお菓子だったのに。知能と共に味覚も成長しているのだろうか。

「これは……高すぎないか？」

「キュウキュウ」

そんなことない、配信も頑張っているから、みたいな顔している。

うーん、確かにそうだな。そうだけど、御崎に絶対怒られるんだよなあ。

「がう！」

「う、うーん？」

「キュウ！」

「うーん」

はあ、パパどうしよう！

「なにこれ『練って美味しい、こねこねこーね』って誰の？」

「あ、ああそれグミの――」

「こんなのグーちゃんが作れるわけないじゃない！　どうしてこんなの買ってきたの⁉」

案の定、帰った瞬間に御崎ママに怒られてしまう。

いや僕もそう思うんだけどね、グミがね、いや、ほんとグミがね、と言うと怒られるので素直にごめんなさいした。

「それにこんな高いお菓子も……」

「それはおもちが――」

「お会計したのは阿鳥でしょ？」

「はい……」

横にふと目をやると、おもちとグミが隅っこの物陰に隠れて様子を窺っていた。

ズルいぞお前たち！　それにグミ、馴染むの早すぎだゾ！

「次からは気を付けてね」

「はいお母さん」

「……なんて？」

「何でもないです」

怒りが収まり、御崎が少し離れた瞬間、グミとおもちが笑顔で駆け寄ってくる。

君たち賢すぎないか？

「がうがう！」

「キュウ！」

「まったく、助けに入ってくれよ」

まあでも、可愛い子供《魔物》たちだ。このくらいは許してやろう。

そしてやはりグミは『練って美味しい、こねこねこーね』を作ることができなかったので、俺が作ってあげることになった。

「がう……」

それとお高いお菓子だが、翌日、おもちが空けられない鍵付きの戸棚に封じ込められていた。

「これは来客用ね、おもちゃん」

「キュウ……」

御崎に説得されて涙ぐむおもち。

甘やかすほうがいいのか、それとも厳しくするのがいいのか。

うーん子育《まもの》てって、難しいな……。

ちなみにわがままそうに見える田所《次男》が意外と一番駄々をこねません。

「ぷいにゅっ？」

◇

「コニワトリさんの卵の質が良くなってきてまちゅ！　おそらくでちゅが、ダンジョンが拡張したことで魔力が増えてきてるからではないでちょうか！」

「ありがとう、ただその分魔石が必要になるってことだね」

「でちゅ！」

ミニグルメダンジョン内、収穫物の質や量の確認をドラちゃんとしていた。

袋に入れていた魔石をゴソゴソと取り出し、ドラちゃんに手渡す。

「はい、どうぞ」

「いただきまちゅ！」

ゴツゴツと硬そうな赤い魔石を、ドラちゃんはバリバリと食べはじめる。

もうなんか凄い音だ。バリバリイイイイって感じ。

「おいちいでちゅ～！」

「ははっ、口を切らないでくれよ」

これが魔石でダンジョンを安定させる一つの方法なのだ。

魔構築で壁に埋め込むパターンもあるが、ドラちゃんの魔力を向上させるほうが効率いいらしい。

といっても思っていた以上に魔石の減りが早い。

グミがため込んでいた魔石もあったので何とかなっているが、肝心のダンジョンを制覇《テイム》してしまったせいで、思っていた以上に稼げなかった。

ただ生産量は上がってきていて、ダンジョンの水路も大きくなっている。

壁のチョコレートの味が増えて、ストロベリーとバナナ味も追加されていた。

「ペロペロ……んまっ」

「がうがう」

ちなみにグミちゃんのお気に入りは、カカオ薄め、バナナ濃いめのストロベリー味だ。

なんかもう、スター〇ックスのカスタムみたいになってきたな。

「ふう、御崎はどこ行った？」

「キュウキュウ」

「ぷいにゅっ！」

おもちと田所が、ダンジョンの入り口を指さす。

指はないけど、なんかそんな感じだ。

お手洗いかな、と思っていたら、カツカツと歩いてくる足音が聞こえた。

なんか、いつもの音と違うような――。

「おかえ――……え？」

「あーくん……ぐすん……」

現れたのは、ピンクゴスロリータカチューシャパニエモリモリの雨流だった。

なぜか知らないが、目に涙を浮かべている。いや、泣いている。超号泣。

「ど、どうしたんだ？　佐藤さんは？」

「うぅ……うぇーん、あーくんー……！」

突然駆け寄って来て、俺に抱きつきダイブ。

あまりの勢いで倒れ込んでしまうが、それでもお構いなく頭をこすりつけるように号泣している。

「お、おいどうしたんだよ⁉」

「うぇーーーん」

そしてタイミング良く？悪く？御崎が戻ってきた。

「ちょ、ちょっと御崎なんとか――」

「え？　セナちゃん？　って、なんで抱き合ってるの⁉」

「うぇーーーん、あーくん……」

「いや、こいつが⁉」

「なんで泣いてるの？　いったい阿鳥何したの⁉」

御崎は〝動かしてあげる〟を発動。

力の手加減をしていないのか、あたり一面が浮く。

「ぷいにゅ～♪」

「キュウキュウ♪」

「が、がう？」

おもちたちは楽しいらしい。まるで無重力状態だ。宇宙に行ったような気分。

いや、アトラクションじゃねえよ⁉

「ち、違えーって！　なあ雨流、説明してくれ！」

「あーくんあああああ」

結局、俺たち全員は長い間空中に浮いた。

モンスターたちは大喜び、俺は困惑、雨流は号泣。

状況の説明に随分と時間がかかったのだった。


「はいセナちゃん、ストロベリーチョコレートで作ったお菓子よ」

「わわ、ありがとう！」

ようやく雨流が落ち着いたところで自宅に戻って、御崎が新開発中のお菓子を差し出した。

ちなみに価格は三五〇円（税抜き）で出す予定。

「凄い美味しい……」

「ふふふ、良かったわ」

こう見えて御崎はお菓子作りが上手だ。メイクもばっちりだが、いかんせん言動がおじさんぽ――。

いや、今はそんなことはどうでもいいか。

「それで、なんで泣いてたんだ？」

「えっと……お姉ちゃんが……」

お姉ちゃんという単語に一瞬疑問が浮かんだが、雨流の姉のことか。

名前は確か、ミリア・雨流・メルエット。

佐藤さんに聞いたことはあるが、ネットでもチラっと見たことがある。

仲が悪いって話だが……。

「喧嘩したのか？」

雨流は、首をブルブルと横に振る。

「喧嘩なんてそんななま優しいもんじゃない。私を――殺すつもりなの」

その瞬間、戦慄が走った。

殺す？　姉妹同士で？　そんなわけ……いや、でも雨流の強さは重々承知している。

大人しかいない窃盗団に対しても負けるわけがないと豪語した雨流だ。

それが泣くほど怯えるなんて……どんな姉だ？

思わず御崎と顔を見合わせる。どうやら同じ気持ちのようだ。

「ヴィルさんはどうしてるの？　殺すなんてさすがに止めるでしょう？」

「佐藤はメルエット家の執事だから、私の味方になってくれているけど……お姉ちゃんには……勝てない」

あの佐藤さんですら勝てない姉ってどんな化物《モンスター》だよ⁉

死のダンジョンで返り血一つないんだぞ……。

「怖い……」

だが雨流は震えている。色々聞きたいことはあるが、それはあとでいいだろう。

彼女は怖くて逃げだしてきた。頼れるのは俺たちしかいないのだ。

「まあ、事情はわかった。とりあえず風呂に入ってこい」

「え？　お風呂って」

「さっきダンジョンで服が随分と汚れただろ。今日はここに泊まってけよ」

「……いいの？」

「その代わり、おもちゃ田所、グミと遊んでやってくれ」

御崎が微笑んでいる。雨流は、グミと初めての挨拶をしてから、おいでおいでと呼んだ。

頭をなでなでするると、グミも嬉しそうな声を出す。

「グミ可愛い……本当にありがとう」

「ただし、佐藤さんには連絡させてもらうぜ。誘拐犯にはなりたくないからな」

「わかった。あーくん、大好き！」

突然嬉しそうに駆け寄り、再び抱きしめられる俺。

御崎が「ずるい……」みたいな顔をしている。

まあ今日は存分に撫でてあげることにしよう。

「よしよし」

こうして俺は、家出少女を匿うことになった。

「それじゃあセナちゃん行こっか？」

「はい！」

落ち着いてから、雨流は御崎とお手々を繋いで風呂へ。

グミと田所も一緒だ。

ただ人数の限界があったので、おもちと俺は次で。

さびしそうに羽根を揺らしているので声をかける。

「おもち、あとで一緒に入ろうな」

「キュウキュウ！」

ちなみにおもちは背中の部分を撫でると喜ぶ。

そこが気持ちいいみたいで、おしりをフリフリするのだ。

今度、ショート動画ってのも撮影しようと思っている。きっとみんなに喜んでもらえるだろう。

「しかし雨流の姉か……」

雨流が風呂から上がったら、姉のことを聞いてみるか。

今までプライベートだからと遠慮していたが、こうなるとそうもいかないだろう。

でも姉妹で揉めるなんて、よっぽどだよなあ。

「あ、佐藤さんに連絡しておかないと」

スマホを取り出して電話をかけようと思ったが、手が止まる。

もし佐藤さんが姉に伝えたら、すぐこの家まで来るんじゃないのか？

メルエット家の執事なのでどっちかに肩入れするとは考えにくいが、立場的には姉のほうが上だろう。

やっぱりやめておくか？　でも……。

未成年を匿うことは法律上誘拐になってしまう。

佐藤さんとは顔見知りなのでそこまでのことはされないと思うが、実の姉が気づいた場合……どうなるのかはわからない。

その時、入り口からもの凄い魔力を感じた。

「キュウ！」

おもちが俺よりも早く反応し、開けてあった窓から外に飛び出す。

おそろしいほどの威圧感。御崎や雨流も気づいただろう。

大声で家から出るなよと叫んで、おもちのあとを追った。

外に出ると、そこには何度か見たことのある黒のリムジンが停車していた。

メルエット家の——車だ。

おもちは一歩引いて警戒しているものの、羽根を広げて威嚇していた。

長い付き合いの俺でも、こんなおもちの姿を見るのは初めてだ。

「ピイイイイイ」

「落ち着け、おもち大丈夫だ」

そう、魔力が溢れているだけなのだ。

ただ間違いないのは、あの中に雨流に匹敵するほどの魔力を持つ誰かがいるということ。

その心当たりは一つしかないが。

やがて運転席から出てきたのは、なんと佐藤さんだった。

声をかけようとしたが、そのまま助手席側に移動して扉を開く。

次の瞬間、ドアの隙間から足が見え、綺麗な女性が現れた。

「ありがとう、佐藤」

「いえ、どういたしまして」

チャイナドレスのような黒服、両足部分の側面はスリット。

髪色は雨流と同じ白色で、目鼻立ちがキリっと、顔は雨流が成長した感じだ。——間違いない、彼女が姉だろう。

ただ、こんな時にいうもんじゃないがとても……セクシーな感じだ。

佐藤さんは、どうやら姉の味方らしい。

「……あなたが、山城阿鳥？」

おそろしいほど冷たい目をしている。

身にまとう魔力は雨流と同じか——それ以上。

「ああそうだ。お前は雨流の姉、ミリアか？」

「あら、知ってくれてるの？」

「キュウ！」

おもちの声を聞いた途端、雨流姉は目を見開いて驚いた様子を見せた。

「驚いた……本当に……もっちゃんにそっくりなのね」

もっちゃんとは、雨流が前に飼っていたというペットの魔物だ。

本人も言っていたが、姉も驚くということは、やはりそんなに似ているのだろうか。

「あら、ごめんなさい。そんなことを言いに来たんじゃないのよ」

「どうしてここに来た？　何が目的だ？」

ここに雨流がいることは知らないはず。しかし佐藤さんは気づいているだろう。

雨流は俺を頼ってきてくれた。その気持ちは無下にしたくない。

「セナを連れ戻しにきたのよ、ここにいるのはわかっているわ」

その言葉は、確信を得ているようであった。

漲る魔力が冗談ではないことを主張している。

連れ戻しになんて言葉を使っているが……実際はどうだろうな。

下手に嘘をつくより、虚実を混ぜてみるか。

「確かにいたがもう帰ったぜ」

「バカにしないでちょうだい、私は姉よ？　セナの魔力ぐらい感じ取れるわ」

……ダメか。

静かに身体に魔力を漲らせる。

その時、驚いたことに口を開いたのは、佐藤さんだった。

「山城様、どうかセナ様をお呼びいただけないでしょうか。争ってほしくないのです」

「佐藤さん、見損なったぞ。あんたは雨流の味方だと思っていたがな」

「すみません。これは仕方のないことなのです」

ただ……メルエット家に仕える執事なら当然か。

そうなるとかなり分が悪い。

佐藤さんはＳ級探索者だ。雨流姉も間違いなくそれに匹敵するだろう。

——覚悟を決めるか。

「おもち、本気で行くぞ」

「キュウ！」

二人で戦闘態勢を取ったのだが——。

「お姉ちゃん、どうしてここが……」

その時、風呂上がりの雨流が現れた。

見たこともないほど怯えている。御崎が後ろから追いかけてきて、前に出た。

「帰るわよ、セナ」

「嫌……」

「人様に迷惑かけたらいけないって言ってるでしょ」

「かけてないもん！」

「……何度も言わせないで」

「かけてないったらかけてないもん！」

やはり関係性は最悪らしい。佐藤さんも頭を抱えている。

よっぽどのことがあったのだろう。

血縁関係であれば、相続問題なんてその代表だ。

庭にダンジョンができた結果、権利のことで家族が揉めた、なんて話もある。

泥臭い話は苦手だが、何としても雨流は守ってあげたい。

「かけてないっていってるでしょ！　お姉ちゃんのバカ！」

「なんですって⁉　バカっていうほうがバカよ！」

……ん？　なんか、様子がおかしいな。いや、気のせいか。

二人は姉妹だ。それで砕けた口調になっているだけだ。

きっとそうだ。

いや、そうであってほしい

「だってお姉ちゃんが悪いんだもん！　私が楽しみにしてたプリン食べたんだから！」

「あなたが名前書いてないからでしょ！　前から何度も言ってるのに！」

……はい？　プリン？

「だってマジックがなかったんだもん！」

「あなたこの前も私の苺を食べたでしょ！」

マジック……。イチゴ……。

それからも二人は同じような言い合いをはじめた。

佐藤さんに顔を向けると、やれやれという表情を浮かべている。

次第に姉妹の言い合いはヒートアップ。

だが比例して、俺たちのテンションはダウンしていく。

「ねえ阿鳥、家の中に戻らない？」

「そうだな御崎、おもち、戻ろっか。風呂入ろうぜ」

「キュウキュウ」

「すみません、私も中で待たせてもらうことはできますか？　こうなると長いんですよね」

「ああ、佐藤さんもどうぞ。よかったら温かいお茶でも出そうか」

「ありがたく頂戴いたします」

そういえば佐藤さん、二人は犬猿の仲って言った時、複雑な顔していたもんな。

執事の立場なら何とも言えないし、そりゃこうなるよな……。

「それを言うならお姉ちゃんだって私のアニメ消したじゃん！」

「な……あんただって私の一番楽しみにしてたドラマを！」

「大変お見苦しいところをお見せしてしまい申し訳ないですうう！」

俺とおもちが風呂から上がったあと、ミリアが日本の伝統的な謝罪とスライディング土下座をしてきた。

さすがに慌てて顔を上げさせるが、雨流（妹）は後ろで頭にデカいタンコブをつけていた。

間違いなく怒られたんだろうが、何だかんだで仲良いのだろう。

とはいえ、姉妹喧嘩に巻き込まれるのは勘弁してもらいたい。

あと、佐藤さんが可哀想。

「まあまあ、別に俺たちはそこまで思ってないよ。すげえつまんねえことで喧嘩してたなって思ったくらいだよ」

「は、はい！　本当に申し訳ございません！」

頭をガンガン打ち付けるような勢いで土下座するミリア。

隣で申し訳なさそうにする雨流。

なぜか俺が悪いみたいな顔をする御崎。目を瞑って一連のやり取りを真摯に受け止めている佐藤さん。

何この状況⁉

「キュウ？」

それから少し話してみたが、ミリアは想像以上に常識人だった。

ネットではヤバイと騒がれていたが、どうみてもそうは思えない。

やはりネットなんてあてにならないもんだ。

だが雨流を連れ戻しにきたのは本当らしい。とはいえ、その理由はプリンを食べられたからではなかった。

「雨流が狙われている？」

「最近、能力《魔法》を奪われたっていう事件が起きているのです。わかってることは、そいつらが組織で動いてることだけ。いくら強くても……セナはまだ子供ですから」

能力を奪う組織だと？　それってもしかして――。

「山城様のお考え通りでございます。おそらくですが、以前の窃盗団との関わりがあるかと思われます」

佐藤さんが補足してくれた。魔物だけでなく、魔法も奪うだと？

いま俺がおもちをテイムできているのは、火耐性（極）のおかげでもある。もし魔法を奪われたりしたら、おもちの熱波で近寄ることができなくなるし、炎中和もできなくなれば探索者委員会に危険とみなされて捕まってしまう。

もちろん、それは田所もグミも同じかもしれない。

「お姉ちゃん、私そんな奴らに負けないもん！」

「セナ、わがままいわないの。それにあなたもいい加減もっちゃん探しをやめなさい」

「違う……もっちゃんは今もどこかで生きてるの。だから、私は諦めない」

「はあ、その為にS級になるなんて……」

「いいもん……」

雨流は、悲し気な表情を浮かべながら、おもちをぎゅっと抱きしめる。

そういうことだったのか。ずっと疑問だった。なぜ雨流がS級で、さらに危険なダンジョン巡りをしているのか。

俺は、ゆっくり雨流の頭を撫でる。

「ダンジョンでずっともっちゃんを探してたのか」

「……うん、もっちゃんとまた一緒にいたいから」

ミリアがその言葉に呆れて声を漏らしていた。

どうりで死のダンジョンという危険な任務の為に、わざわざ来日するわけだ。

大人な佐藤さんが文句も言わずに雨流についていく理由も、すべてはもっちゃんの為ということか。

おもちとそっくりということは、伝説級のフェニックスだ。

そう考えると、S級でしか入れないダンジョンにいる確率は高いだろう。

「なので山城さん――」

「呼び捨てでいいよ。阿鳥でもいい」

「……じゃあ山城で。私はセナを自国《パリ》まで連れて帰ります。すべてが無事に終わるまで、日本には戻らないつもりです」

ミリアの言うことは正しい。

そんな危険な組織に狙われていると考えると日本にいるのは危険だ。

もし俺に妹がいたら、確かにそれぐらいしたいだろう。

「佐藤、セナを」

「……はい」

「いや！　もっちゃんとは日本《ここ》で出会ったの！　おもちがいるってことは、絶対どこかのダンジョンにいるはずなの！」

「セナ、わがままを言うのはやめなさい」

だが――。

「ミリア、とりあえず……ミルクを飲んでみないか？」

「ミルク？　いったい何の話ですか？」

「いいから。御崎、冷蔵庫から取ってきてくれ」

「え？　わ、わかった」

御崎はわけもわからず冷蔵庫からミルクを取り出す。ミリアも眉をひそめていた。

「ほら、飲んでくれよ」

「……ミルクなんてパリでもありますけど」

「いいから」

そしてミリアはコップに注がれたミルクに口をつける。

するとその表情がやがて驚きと笑顔に変わっていく。

「……美味しい」

「俺の庭にダンジョンができたんだが、そこで飼ってるミニウシのミルクだ。初めは搾乳するのも一苦労だったが、今はプロ級になった」

「それが……いま何の関係があるんですか」

「このミニウシを譲ってもらえたのは雨流のおかげなんだよ」

「セナの……？」

「ああ、雨流が窃盗団を捕まえてくれたおかげで、大勢が助かった。確かに雨流は子供だが、ミリア、君が思ってるよりも強いよ。それに俺だって力になる。だからもう少し願いを聞いてやってくれないか」

俺は頭を下げた。普通に考えればミリアの言うことが正しいだろう。

誰だって家族に危険が及ぶことを考えたら安全な所に移動してほしいはずだ。

でも、雨流だってそんなことはわかっている。

危険でも、それでも……会いたいんだ。

俺だっておもちがいなくなったら、どれだけ危険でも探したくなるだろう。

その気持ちは痛いほどよくわかる。

「私からもお願いするわ、ミリアさん」

そして御崎も同じように頭を下げてくれた。

「ミリア様、やはり私からもお願いします」

「佐藤、あなたまで——」

「私はお傍でセナ様を見てきました。確かにまだ不安なところはありますが、山城様と出会ってセナ様は変わりました。どうかお願いを聞いてあげてくれませんか」

「………」

そして——。

「お姉ちゃん、お願い……私、もっちゃんに会いたいの」

雨流も、頭を下げた。そして——。

「……ああもう！　……わかった。わかりました。みんな頭を上げて！　私が悪者みたいじゃない！」

「……ありがとな、ミリア」

「まったく、あなたたちはとんだお人よしですね」

「キュウキュウ！」

「ぷいにゅ！」

「がう！」

おもちたちが、ミリアに頭を擦りつける。話がわかっていたとは思えないが、雰囲気で察したのだろう。

「ちょ、ちょっとなにくすぐったいわ。あはは、やめなさい」

「ありがとうってさ」

「ふふふ、くすぐったいわ。――でも山城、本当に気をつけてください。組織の名前は一切わかってない上に、何人いるのかすらもわかっていません。魔物や能力を奪われた人がいるという事実だけなんです」

ミリアの表情は真剣そのものだ。思わず手に力が入る。

「わかった。雨流に何かあっても俺が絶対守るよ」

「その言葉、信用させていただきます」

俺の強みは視聴者だ。今度、みんなにも聞いてみるか。

「組織については詳しいことはわかり次第お伝えします。それと山城、今度うちの家に来ませんか？」

「家？　何しにだ？」

するとミリアは、頬を赤くさせた。

「あなたの先ほどまでの真剣な表情。そしてその可愛いお顔――私のタイプなんですよ」

「へ？　た、タイプ⁉」

「また改めてお誘いします。それでは――」


俺の返答を待たずに、ミリアは家をあとにした。

黒塗りのリムジンが発進、もちろん佐藤さんの運転で。

タイプって……まさかそんな……。

嵐のように現れ、嵐のように去っていったな。

想像していたよりも妹想いなやつだったが。

「鼻の下伸びてるわよ」

突然、俺に突っ込みを入れてくる御崎。

伸びてないよ、伸びていませんけど！

「お家の中に戻ろうね。おもち、田所、グーミ♪」

雨流は、おもちたちと手を繋いだ。

確かに自国に戻るのは止めたが、家には帰ってもよかった。どうしても今日は泊まっていきたいらしい。

「今日ぐらいはいいんじゃないの」

御崎は俺の表情ですべてを察しているらしい。

「しょうがないな。じゃあ御崎、また明日――」

「私も泊まる。セナちゃんとベッド使うから、阿鳥は床で寝てね」

「ここ俺の家なんだけど……」

「一応、登記では会社の事務所だから」

「いつのまに……」

ミニグルメダンジョン、魔石収集、謎の過激組織、そしてもっちゃん探し――か。

「ま、スローライフばっかりじゃ飽きるもんな」

危険でやることも増えていくが、なぜか俺の頬は緩むのであった。

◇

それから数週間後、俺は探索委員会を訪れていた。

「それで、どうして俺が呼ばれたんだ？」

デカい会議室。円卓の席に大勢が座っている。

ちなみにさっきの格好いい台詞は俺じゃない。俺はただソワソワしている。

えーと……。今の人は『C級、カリカリの魔術師』って胸元の名札に書いてある。

見た目はすげぇ筋肉質の色黒おじさんだけど、なんでカリカリなんだろう。

というか、二つ名の前にランクを書かれるのは恥ずかしいな。

周りにはなんとS級の雨流、A級、B級、C級がいる。

結構バラバラだ。

ちなみにミリアに呼ばれた。

「キュウ」

「おもち、静かにしなさい」

おもちも連れてきてほしいと言われたので一緒だ。

御崎は田所とグミと家でお留守番。

俺の胸元には『B級、熱さに強い男マン』と書かれていた。

熱さに強いのはまだいいとして……マンマン!?

「既にわかっていると思いますが、今日集まってもらったのは、組織の件です」

場を仕切っているのは、雨流の姉、ミリアだ。

なんとS級だった。けれども胸元のプレートは豊満な胸の上にあり天井を向いているので見えない。ちなみに雨流は『S級、最強の妖精』と書かれている。

可愛いなオイ！

「わかったのか!?」

「詳しく教えてくれ」

「頼む、俺の仲間に被害者がいるんだ」

組織と聞いて周りが騒ぎ出す。魔物や能力を奪われた被害者はあれから増えていた。

俺たちも独自に調べていたが（ほとんど御崎のおかげ）、希少価値の高いものほど狙われているみたいだった。

「組織の名前は『盗賊《バンディート》』、犯罪や命令違反で資格を取り上げられた元探索者で構成されています」


そして組織の内情は恐るべきものだった。

しかしどんな相手だろうと負けやしない。

俺には頼れる相棒がいるからな。

「キュウキュウ！」

おもち、ちょっと静かにしようね。元気よく叫んだら、危険な前線に志願したみたいに見えるからね。気合いは心の中だけでしようね。

「それで山城、あなたにしかできないお願いがあります。敵は魔物の能力が奪えないとわかりました。おもちさんと一緒に、仲間の為に戦ってはもらえないでしょうか。あなたの強さを見込んでのことです」

やっぱり⁉　そういうパターン⁉

「キュウ！！」

そう思っていたら、おもちが大きく羽根を動かした。そうだよな。仲間がやられていて、見過ごせるわけないよな。

「任せてくれ。俺たちにできることなら」

大切な家族や能力を奪うなんて許せない。

それに俺の幸せなスローライフを誰にも邪魔させやしない。

番外編：みんなでモンスターキャンプ場！

キャンプといえば夏を思い浮かべる人が多いだろう。

いや、人によっては春かもしれない。もしくは冬か。

だが俺にとってキャンプといえば——秋だ。

「みんな、準備はいいか？　車へ乗り込む前に点呼だ！」

「キュウ！」

「ぷいにゅっ！」

「がう！」

炎を纏ったおもちが、元気よく羽根を動かす。田所が飛び跳ね、グミが勢いよく吠えた。

今は自宅前。俺たちはこれからモンスターキャンプ場へ向かう。それも一泊二日だ。

通常のペットだけでなく、テイムされた魔物とも遊ぶことができる新施設。

これは遊びではなく、ちゃんとした会社から依頼された〝案件〟なのだ。

大きな車も用意してもらって、さらに費用は全部向こう持ち。

まさに至れり尽くせり。自由に遊んでもらっていいとのことだが、やることもある。

俺たちは、モンスターキャンプ場の良いところを余すことなく伝えなきゃいけない。

到着したらすぐに配信をする予定でスケジュールもばっちり。とはいえ、とはいえだ。

ああ、楽しみだなあ――。

「阿鳥、荷物早く積み込んで」

「はい」

「あーくん、そこの浮き輪膨らませておいてー！」

「はい。――いや、絶対今じゃないだろ……」

とはいえもちろん？　御崎も一緒だ。

というか、彼女が会社をしっかり経営してくれているおかげで、取れた案件でもある。

「ん？　雨流がなんでいるんだ？」

「私が呼んだからだよ。セナちゃんがいると、視聴者のみんなも喜ぶしね」

「ありがとみーちゃん！　えへへ、楽しみー！」

聞いてないぞ!?　とはいえ御崎の言う通りか。雨流が配信にちらっと映るだけで、コメントが加速するもんな。

しかしそれは、俺の存在が虚ろになってしまうことの証明でもある。

もしかして俺は……いらない子なんじゃないのか？

「キュウキュウ」

するとその時、俺の心を見透かしたかのように、おもちが肩をトントンと叩いてくれた。

「どうしたおもち、心配しないでいいって？　ドントウォーリーアトリ？」

実際には肩に手が届かないのでふとももを叩いているが。

「ありがとな。そうだな。俺は、俺だもんな。人と比べても仕方ないよな」

「キュウキュウ！」

やっぱりおもちは凄い。何でもわかってくれている。

友人であり、家族であり、大切な相棒であり――。

「ん、どうしたおもち、どこへ行くんだ？」

続いておもちは、冷凍ボックスにトントンしはじめた。

中を開けると、そこにはうどんが大量に入っていた。

え、もしかしてこれを持っていっていいのか聞いていただけ？

「キュウキュウ……」

不安そうに見つめるおもち。

「……当たり前だ。キャンプ場でいっぱいうどんを食べようぜ」

「キュウキュウ！」

ちなみにこのあと、ちゃんと肩トントントンもしてくれたので、心配もしてくれていたっぽい。

ありがとう、おもちっ！

「さて、出発進行だ。後ろは大丈夫か？　窮屈じゃないか？」

無事に荷物を運び入れたあと、みんなで車に乗り込んだ。

運転は俺、助手席は御崎、後部座席には雨流とおもちたち。モンスター用に、一部の席の横幅が随分と広くなっている。

「大丈夫ー！　でもおやつがないよー！」

「それは聞いてないな。雨流、おもちたちのシートベルトの確認をしといてくれ」

もし俺が戦闘能力の測れる機械を装着していたのなら、後ろからはとんでもない数値が叩き出されるだろう。事故っても無傷な気もするが、きっちり安全運転で行く。

隣で御崎がカーナビのセットをしてくれていた。それから雨流やおもちたちにおやつを配っている。凄くできるママッ！

「それじゃあ行くか。御崎、気にせず眠かったら寝ていいからな」

「ありがと。でも、別に眠くないから大丈夫。疲れたら交代するから言ってね」

彼女は朝から忙しくしていた。配信の準備もそうだが、何があってもいいように保険の手続きや案件元の会社の業務連絡も。

絶対に疲れているはずだが、いつも弱みは見せないんだよなあ。

「楽しみだねえ。キャンプ」

「だな。俺は学生時代の修学旅行ぶりかも。御崎は？」

「私もそれくらいかな。なんだか……夢みたい」

「夢みたい？」

「あの時、会社を辞めなかったら、こんな楽しいイベントはなかっただろうなって。──阿鳥に感謝してるってこと」

御崎は、にへへと笑顔を見せてくれた。礼を言うのは俺のほうだ。

彼女が支えてくれているからこそ、安心して仕事を受けられる。何の心配もしていない。

それを伝えると、御崎はなぜか窓側にそっぽ向いた。

「何だ、どうした？」

「な、何でもない。──ほら、出発しよ？」

「ああ、じゃあ行きますか」

なんか、頬赤かったような。熱じゃないといいが。


「みーちゃん、これなあにー？」

「山菜の詰め合わせだね。ねえ阿鳥、ここで色々と買っていかない？　キャンプ場でもあるっていってたけど、みんないっぱい食べると思うし」

「そうだな。そうするか」

出発してから数時間後、休憩も兼ねて、高速道路のサービスエリアに寄っていた。

秋といえばそう、食欲の秋だ。

キャンプ場にも食材は売っているらしいが、ここでしか出会えないものもある。

御崎の言う通り、美味しそうなものを買っていくことにした。こういった突発的な考えも、旅の醍醐味だろう。

「キュウキュウ！」

早速、後ろにいたおもちが叫んだ。いいのを見つけたか⁉

「ほ、本物のフェニックスじゃないか⁉」

「凄い。可愛いー！　赤いー！」

「この横の赤スライムも初めて見るぞ。それにこの犬、よく見たら龍じゃないか⁉」

と思っていたら、我らの子供たちが囲まれていた。

相変わらずどこでも大人気だ。触ってもいいですよ、と伝えると、ふわふわもちもち触れ合いタイムが始まった。

何と最終的には店員さんまで参加していた。

「ありがとうございました。こちら、少しばかりのお礼ですが良ければ」

「え、これって売り物じゃないんですか⁉」

「実家で販売しているものなんですよ。よければみなさんで食べてください。――実は、配信、よく見てますよ」

なんと視聴者だったらしい。結局、たくさんの秋食材をプレゼントしてもらった。

おすすめのレシピまで教えてもらったので、キャンプ場で試してみよう。

「あれ、御崎たちはどこ行った？」

いつの間にかいない。今日は祝日で、人も多い。

迷子か、何か面倒ごとに巻き込まれた可能性もある。俺は急いで外に出て――。

「みーちゃん、この揚げ天ぷら美味しいねえっ」

「ほんと、中までサックサク」

と思っていたら、ベンチでのほほんと食事をしていた。そりゃ天ぷらは揚げているだろうと思ったが、まあいい。

しかしこれからキャンプで食事をするというのに。

「キュウキュウ」

「ん、なんだおもちも何か食べたいのか？　でもなあ――」

「キュウ！」

「わかったわかった。少しだけだぞ」

結局、皆でそこそこ食べてしまった。これもまたよしっ！

「こんにちは！　アトリです。今日はモンスターキャンプ場に来ていますー」

「ミサキでーす」

「みんなやっほー！　セナだよー！」

「キュウキュウ」「ぷいにゅっ」「がううう」

〝うおおおお、勢ぞろいだ〟

〝おもちっおもちっ、田所、グーミっ！〟

〝ミサキちゃんとセナちゃんだ。やほー！〟

〝紅葉、綺麗だね。モンスターキャンプ場なんて初めて聞いた〟

〝配信めちゃくちゃ待ってましたー！〟

受付を済ませてキャンプ場に到着した俺たちは、さっそく配信を開始した。

秋ということもあって、紅葉がばっちりカメラに収められている。

モンスターキャンプ場と銘打っているだけあって、とにかく広い。

デカい水飲み場が設置されていたり、モンスターパークといったドッグランに似た施設もある。さらに二十四時間空いているインフォメーションセンターまで。

そこには無料レンタル品もあり、魔物向けのフードや毛布、生活用品まで揃っている。

まさに至れり尽くせり。俺たちは案件ということもあって、キャンプ用品の一式をレンタルさせてもらった。

代わりに設置してもらうこともできたが、配信でお喋りしながらのほうがいいと断った。なので、今から頑張るところだ。っと、その前に商品紹介をするか。ご、ごほん。

「きょ、今日は、XXX様から提供された、XXXXのレンタル品で、XXXを、ご、ご紹介したく――」

〝案件丸わかりでワロタ〟

〝主、慣れてないなw〟

〝恥ずかしがり屋過ぎて草〟

〝アトリ、可愛い〟

会社時代は営業や電話対応もしていたが、久しぶりすぎて緊張してしまう。

何だったらめちゃくちゃ声も裏返っている。

どうしよう、このままでは配信が失敗してしまう――。

「はーい、では色々とご紹介していきまーす！　セナちゃん、よろしくね」

「任されました！」

するとそこで、御崎と雨流が声を上げた。

俺が紹介するはずだった商品を、おもちたちと一緒に映し出していく。

「キュウキュウ！」

〝魔物用の椅子なんてあるんだ〟

〝座ると形状に合わせてフィットするのか〟

〝へえ、スライムをヒントに作ったんだ〟

〝このキャンプギアほしい〟

わかりやすい説明に、視聴者も喜んでいるらしい。

コメントも増えて大成功だ。商品紹介が終わり、画面外でほっと胸をなでおろしていると、御崎が「お疲れ様」と口パクで言った。

いいやつだな本当に。って、テント張らなきゃ！

俺は、大きな、本当に大きなテントを取り出した。それを横にポンと置いて紹介する。

これはレンタル品だが、最新のものだ。

別の商品だが、張り方は動画で勉強済。だがイレギュラーは起きるもの、しっかりやるぞ。

さっきは恥ずかしいところを見せてしまった。

パパ、挽回のチャンス！

「それでは、あちらを組み立てていこうと思います」

〝すげえ、こんなデカイの立てられるんだアトリ〟

〝何気にこういうのって難しいよね〟

〝パパ、挽回のチャンスっ！〟

誰か、俺の心を読んでないか？

「これ、引っ張ったら作れるみたい。セナちゃん、そっち持って」

「はーい！」

その時、声が聞こえた。

振り返ると、テントの端と端を引っ張っていく御崎と雨流。

するとなんと、瞬時にテントができあがった。

そういえば店員さんもレンタル時に、めちゃくちゃ簡単ですよと言っていた。

マジでこれだけ!?　パパチャンスなし!?

〝引っ張るだけでできるの!?〟

〝すげえ、しかもめちゃくちゃお洒落じゃん〟

〝これが無料レンタルってマジ？〟

〝いいじゃん。次の休みにいこうかな〟

とはいえ、大成功っぽいからいいか。

さっそく食事――ではなく、サービスエリアで少し胃を満たしていた俺たちは、テントで着替えたあと、近くの川までやってきた。

秋キャンプの良いところは蚊がいないことだ。少し肌寒いが、俺たちには秘策がある。

「おもち、炎中和、ちょっぴり解除！」

「キュウー！」

熱波があたりを照らし、肌がじんわりと熱くなる。

まるでおもちは太陽。周囲の気温が上昇していくのを感じた。

俺たちだけにしか使えない技だ。寒くても、夏のように楽しむことができる。
その前に一人だけ川にダイブしていたが。
「がううう！」
グミだけは年中大丈夫っぽい。
なんか、ちょっとデカくなってないか？　もしかして水を吸っている⁉
〝これはアトリたちにしか使えない裏技〟
〝秋を楽しみながら川遊びまで⁉〟
〝キャンプいいなー。でも、夏なら俺たちも入れるもんな〟
〝グミちゃん可愛い〟
俺は海パンに着替えていた。ちらりと横に視線を向けると——。
「おもちゃんがいると暑くてちょうどいいわね」
「あったかーい！」
白シャツを着ている御崎。中は黒ビキニ水着だ。
すっかり忘れていた。彼女のスタイルはモデル級なのだ。くびれなんて凄いな。
雨流は、いかにも子供らしいパステルカラーの水着で、そのまま川に勢いよくドボン。
おもちたちと遊び始めた。
〝ミサキちゃんのスタイル凄いな〟

〝これは何というか、たゆん〟

〝確かに凄いたゆん〟

〝これはたゆん〟

「ん、たゆんってなに？」

すると御崎が視聴者に眉をひそめた。

ネット用語とかあんまり知らないもんな。いや、知らないほうがいいけど。

視聴者もそれをわかったのか、コメントが控えめになっていく。

さすが、危険察知度が高い。

「さて、大人はのんびり読書でも――」

「がううう！」

ゆっくりしようとしていたら、グミが水をかけてきた。

というか、水弾。破壊力控えめみたいだが、かなり強い。

〝一応ボス攻撃で草〟

〝水鉄砲（威力強め）〟

〝アトリだからこそ耐えられるw〟

水耐性（極）があってよかった。しかし――。

「こんにゃろっ！　俺も水かけてやるっ！」

川にドボンし、グミに水をかけた。そこにおもちや雨流、田所も参戦。

最後は御崎もやってきて、みんなではしゃいだ。

秋、最高！　キャンプ最高！　たゆん、最高！


「みんな、お待ちかねの食事タイムだぞ！」

「おおー！」

「やったー！」

「キュウ！」「ぷい！」「がう！」

夕方前、すっかり遊び疲れた俺たちは、テントに戻ってきていた。

〝飯テロタイムだー！〟

〝楽しみだぞー！〟

〝ワクワク。みんな手をあげてて可愛い〟

〝秋ご飯だーっ〟

真ん中に焚き火が用意されているが、火はまだついていない。

当然、おもちにお願いする。

「できるか？」

「キュウ！」

任せて、だそうだ。
すると突然流れる手品の音楽。え、これタララララーのやつ⁉
〝おもちマジシャン⁉〟
〝なにこれ⁉と思ったら、御崎が流しているｗ〟
〝準備いいなｗ〟
次の瞬間、おもちがサッと焚き火に手を触れる。するとぼわっと炎がついた。
手品でも何でもないが、なんか凄く見えるな。
「キュウ！」
「さすが、おもちゃんっ！」
配信は大盛り上がり、さすが上手だな。
それから、サービスエリアで購入したものを順番に紹介した。
さらにこの施設で用意してもらえるものも。
調理器具のレンタルセットや、人数を言うだけで食材を用意してくれる。
途中の追加オーダーも可能で、一歩も動かずスマホから頼むこともできるらしい。
説明が終わり、次は料理配信だ。
「まずは〝栗とキノコのホイル焼き〟を作っていこうと思います」
〝名前だけでもウマソウ！〟

〝アトリ、そんな凝った料理できるのか⁉〟

〝おっとよだれが……〟

「当たり前だろ？　──さてミサキ、一緒に頑張ろうか」

「はいはい。じゃあ、阿鳥は栗の皮剝いてもらっていい？」

「合点承知の助でさあ！」

〝ミサキ頼りw〟

〝俺たちはこのやり取りが見たいんだ〟

〝うんうん、これが好き〟

みんな、優しいっ！

ちなみにおもちたちは、雨流と遊んでいた。

子供たち、待っててね。

御崎は、剝いた栗をアルミホイルに置いて、バターを乗せていく。

醬油を適量、塩とブラックペッパーも少々。

同時進行でカボチャとベーコンのクリームスープも作っていた。

俺はカボチャほどよい大きさに切り、御崎はベーコンと玉ねぎを輪切りにして、手際が良い。

簡単な料理はいつも家でしているが、たまーに御崎が作ってくれる。ごくたまーに。

しかしその時は、とろけるほど美味しい。

いつもやってくれと頼んでいるが「めんどいんだもーん」の一言で終わる。
でも、こういう時はしっかり優しいんだよなあ。
「阿鳥、見すぎ。……視聴者さんから言われてるよ」
「え？」
〝ミサキの横顔見つめすぎw〟
〝こりゃ惚れ――いや何でもない〟
〝夫婦漫才〟
……無意識ってこええ。
続いておもちの出番だ。
雨流がかき集めてくれていた枯葉の中に、おもちが勢いよくダイブ。
〝これはまさか〟
〝おもち、お前できるのか⁉〟
〝期待〟
〝焼いてしまえ！〟
視聴者もわかっているみたいだ。そう、焼きサツマイモを作るのだ。
炎中和を弱めると、じわじわと熱くなってくる。
そして、おもちは炎だけを残して外に出た。

「キュウ！」

「いいぞおもち。これはもう少しかかりそうだな」

おもちは炎の調節が可能で、少しの時間であればその場に炎をとどめることもできる。

そうしているうちに御崎が「できたよー」と言った。

全員がテーブルにつく。モンスター用の椅子は高さの調節がしやすい。

ちなみにおもちは箸が持てる。田所は身体で挟む。グミだけは龍食い。

テーブルには秋感たっぷりの食事が並べられていた。栗、キノコ、飯盒で炊いた栗ご飯。

スープに焼きリンゴ。あとはサービスエリアでいただいたもの。

〝美味しそうすぎる〟

〝秋キャンプ感凄いな〟

〝いいなあ、俺も食べたい〟

〝うらやましい〟

〝飯テロすぎる〟

「よし、せーのっ」

「いただきまーす／キュウ／ぷい／がう」

〝おもちも手を合わせる事できるのかよｗ〟

〝田所も一応それっぽいことしてるｗ〟

〝グミちゃんも頑張ってて可愛い〟

まずはホイル焼きから。香ばしい栗の匂いがする。箸を入れると、ほろほろと身がくずれていく。ゆっくり口に運ぶと、思わず笑みがこぼれた。バターもだが、ほどよい甘味と醤油の味がばっちりだ。秋、最高っ！　いくらでも食べられそうだぜ！

「お腹いっぱいだ……」

「そうね……ちょっと休憩しましょう」

「えー、もう終わり？　まだまだ食べられるー！」

俺と御崎はお腹をさすさす。雨流はまだ食べられるらしい。

魔力と食欲は比例すると聞いたことがあった。まさか、事実だったのか。

しかし、めちゃくちゃ美味しかったな。

「おもち！　デザートに焼きうどん食べようね！」

「キュウ！」

〝デザートではないw〟

〝ワロタw〟

〝これが、胃袋S級〟

〝凄いな〟

そのあと、焼きサツマイモはしっかりみんなで美味しくいただきました。

夜になり、隣接しているシャワーでさっぱりした俺たちは、焚き火の前でのんびりしていた。

星空が凄く綺麗で、空気が澄み渡っていることがよくわかる。

都会ではビルが多くて星の光が遮られてしまうし、光ばかりでよく見えない。噂によると排気ガスの影響もあるらしい。でも今は、まばゆいばかりの光だ。

これぞ田舎の醍醐味だよなあ。

配信は少し休憩だ。次は朝の予定で、のんびりも大事。

「ねえ阿鳥、そろそろ〝これ〟どう？」

「そうだな。ついに〝この時〟がきたな」

二人で顔を見合わせると、鞄から白いものを取り出した。

「キュウー！！！」

「ははっ、まだあるから焦るなよ」

「あーくん！　これ、美味しい！」

「だろ？　焼きマシュマロは最高なんだ」

俺たちは白いもにゅもにゅ――もといマシュマロを食べていた。

作り方は簡単だ。店で買っておいたマシュマロを火にかけるだけ。

トッピングでチョコもあればいいが、そのままでも美味しい。

トロッと溶けると舌ざわりもよくなって、美味しさが何倍にも増す。

おもちも雨流も大興奮、田所とグミも一口食べた瞬間にとろけていた。田所に限ってはいつも溶けているみたいなもんだが。

そして御崎が、施設の人からもらったパンフレットを見せてくれた。

「へえ、秋蛍ってのが見れるのか？」

「今年は暖かいからだって。そこの階段を下りた先にいるらしいよ。ライトもあるから安全だって言ってた」

「そうなのか。そうだな、せっかくだし、行ってみるか」

あとは寝るだけだったが、最後のリラックスがてら楽しそうだな。

少しだけ厚着して、みんなで手を繋いで森へ。

確かにライトがいっぱいある。これならはぐれることはないだろう。まあ、おもちがいるから明るいが。

「よし、点呼だ！」

「キュウ！」「ぷいにゅっ！」「がう！」「御崎！」「セナ！」「阿鳥！」

それでも何が起こるかはわからない。俺たちは事前の合言葉を時折叫んだ。

そして、次第に見えてきた光に一瞬で目を奪われる。柔らかな光が、あたり一面を包んでいた。色が移り変わっていくのだが、それが神秘的だ。

「きれいーー！」

「そうだね。綺麗だねえ」

嬉しそうに笑う雨流を、御崎が微笑みながら見返す。

ママ、いいところを教えてくれてありがとう！

おもちたちもうっとりしていた。

か、可愛いいいい！

感受性豊かすぎない!?　そのうち絵画なんか見ちゃうんじゃないの!?

あらやだうちの子、芸術性もあるかもっ！

「キュウ」

「どうした？　おもち、絵を描きたいのか？」

「キュウキュウ」

「ん、違う？　田所？」

おもちの様子がおかしい。ふと周りを見てみると、田所だけがいなかった。

御崎にくっついているわけでもない。手分けして探してみたが、どこにも姿がない。

「どうしよう、阿鳥」

「そう不安にならなくてもいいだろう。あいつはただのスライムじゃない。何があっても大丈夫なはずだ。ん、雨流、どうした？」

「――あっちから強い魔力を感じる」

するとと雨流が、森の奥を指さしていた。

そこにライトはない。暗い森、あんなところに田所が？　いや、でも雨流は魔力を感じ取れるらしい。

「おもち、少し炎を強めながら先導してくれるか？　周りは燃えないように俺が調節する」

「キュウ！」

「御崎は、雨流とグミとテントで待っててくれ。すぐ戻ってくるよ」

「いや、私も行く。何かあったら嫌だから」

「大丈夫だろ。ここはダンジョンじゃない。心配しすぎだよ」

「あーくん、私も着いていくよ。みんな一緒なら、何があっても心配ないし」

大丈夫だと言おうとしたが、俺は盗賊団をやっつけた時を思い出した。

あの時、一人ではどうにもならなかった。そうだな、その通りか。

「わかった。でも、絶対にはぐれないようにな。雨流、お前が強いのは知ってるが、まだ子供だ。絶対に無理するなよ」

「……うん、ありがとう」

みんなでゆっくり森に入っていく。ライトはないが、おもちのおかげで随分と明るい。

森はしっかり手入れもされているみたいで、特に怖い感じはない。

だがやがて見えてきたのは、なんとも驚きのものだった。

「――嘘だろ」

「阿鳥、これって……」

「――ダンジョンだ」

突如として現れたのは、白い無機質なダンジョンだった。

しかし――。

「……小さいな」

ダンジョンと呼ぶには、あまりにも小さかった。

どちらかというと岩だ。それでも、魔力の波動は感じるが。

御崎が、何かに気づいたかのように声をあげた。

「これ確か……ダンジョンもどきかも。ネットで見たことあるわ」

「ダンジョンもどき？」

「なりそこない、って意味らしいわ。世界でも稀有だったはず。凄く不安定で、魔物が外に出ちゃうこともあるって」

「なんだって？」

「そういえば私も佐藤に聞いたことがある。それと、この中から田所の魔力を感じる」

田所がこの中に？　ありえないが、可能性はゼロとも言い切れない。あいつは好奇心旺盛だ。

もしかしたら……。

「なら俺が行って確認してくるよ。ここで待っててくれ。いたら、田所を連れて帰ってくる」

「危険よ、阿鳥。まずは委員会に連絡して――」

「崩壊の危険性もあるかもしれない。もしそれで誰かが危険な目にあったら俺は後悔する」

探索者になったのは、配信の為だけじゃない。多くの人を守りたいとも思っている。

「だったら私も行く。Ｓ級はダンジョンの危機を守るのも仕事だから」

「ダメだ。雨流は――」

「心配しないで。私は強いから」

……確かに雨流は強い。それこそ、純粋な戦闘能力なら俺や御崎よりも。

「それでもダメだ。待っててくれ」

その時、おもちが声をあげた。

「キュウ！」

「がう！」

グミも、強く返事してくれた。そうだよな、二人も心配だよな。

「阿鳥、やっぱりみんなで行きましょう。ただちゃんは、私たちの家族だから」

家族、そういってくれる御崎が嬉しかった。そしてみんなで入ることになった。

〝田所見つかるといいね〟

〝ダンジョンは突然現れるからなあ。田所心配〟

〝もどき調べてみたけど、確かに魔物が外に出る可能性も崩壊するのもあるみたい〟

〝低層しかないらしいから、田所がいればすぐ見つかると思う〟

〝無理しないでね〟

何があってもいいように配信を付けていた。視聴者にお願いして、情報も教えてもらっている。ダンジョンの中は暗くて横も縦も狭い。壁は、コンクリートの打ちっぱなしのようだ。

おもちが照らしてくれて、ぱあっと明るくなった。

「おもち、敵を見つけたら教えてくれ！」

「キュウ！」

天井は低いが、おもちは空でパタパタと目を光らせてくれている。グミと俺が先頭だ。

御崎が後ろで周囲を警戒、雨流が神経を研ぎ澄ませながら一番後ろを歩いている。

やがて聞こえてきたのは、魔物の独特な声だ。

そして現れたのは人間——ではなく、ゾンビのような魔物だった。

〝アンデットモンスターだ〟

〝めずらしいな〟

〝まさかの肝試し⁉〟

存在は知っていたが、ちゃんと見るのは初めてだ。

おもちに炎のブレスを放ってもらおうとしていた矢先、後ろから雨流の声が聞こえた。

「――さよなら」

次の瞬間、魔物はなんと――一撃で地面に埋まった。

〝セナちゃん強すぎｗｗｗ〟

〝これが、Ｓ級か〟

〝さすがセナちゃん〟

これが、Ｓ級。うん、強すぎな。それから魔物が現れても、雨流が一撃で葬っていく。

俺の出番、ないんだが。

本当に田所がいるのかと思っていた時、ぷいっという声が聞こえてくる。

「ぎゃあっああ！　こわいよーこわいよー！　あ、ご主人様だー！」

前からぴょんぴょん飛び跳ねてきたのは田所だ。

そういえばダンジョン内部だから喋れるのか。

俺は、抱きしめたくて手を広げた。しかし田所は俺をスルーして、御崎にダイブ。

「こわかったよーこわかったよー！」

「よしよし、たどちゃんもう大丈夫だよ」

〝感動の再会はミサキちゃんと〟

〝泣くなアトリ〟

〝俺たちがいるじゃないか〟

うん。視聴者がいなかったら泣いていたかも。

「田所、なんでこんなところに来たんだ？」

「落とし穴があったんだー！　気づいたらここにー！」

〝ダンジョンもどきは入り口も不安定らしいな〟

〝なるほどね。怖いな〟

〝でも見つかって良かった〟

配信を付けていたおかげで情報もすぐ入ってくる。

そういうことだったか。それは仕方ないな。

あとは帰るだけ――と考えたが、ふと気づく。

「このダンジョン、このままだと危ないんじゃないか？　雨流、どう思う？」

「……制覇したほうがいいかも」

このまま放置したら、誰かがダンジョンに入ってしまうかもしれない。そうなると大事故だ。

命の危険性すらある。

もどきは深くても三層程度らしい。話し合って、ボスを見つけて倒すことに決めた。

「よし、でもここからは全力だな。おもち、田所、グミ、いつもと違って遠慮なくいくぞ！」

「キュウウウ！」

「任せてー！　やるよー！」

「ガウウウ！」

そういえばグミの身体が大きくなっている。忘れていたが、水龍なのだ。

みずみずしいトイプードルではない。

次に現れたのは、死神の鎌を持ったお化けだった。

こ、こえええええええええ。

これがもどき⁉　完全体だったらどうなっていたの⁉

しかしビビってはいけない。頑張れアトリ、お前はやれる男だ。

「恐れるな。戦うぞ――」

「ピイイイイイ」

「さらばー！」

「ガウウウウ！」

「――さよなら」

次の瞬間、おもちの炎のブレス、田所の体当たり、グミの水弾、雨流が謎の力で魔物をペしゃんこにした。

〝これはオーバーキルすぎるw〟

〝魔物おおおおおお〟

〝これは相手がかわいそうw〟

〝伝説級と最下層魔物とダンジョンボスとS級だもんな〟

それからもバタバタなぎ倒し。気づけば三層。

最後らへんは魔物が来ても感情が動かなくなっていた。慣れって怖いっ！

「ここが最後の扉だ。田所、ここからは合体技でいくぞ」

「任せてー！」

ぷいっと飛び上がり、俺の右腕にくっつくと形状を変化させる。田所ソードの完成だ。

これで何がいても大丈夫。まあ、俺の出番はなさそうだが。

「私はみんなの支援に回るからね。阿鳥は無理しないでよ」

御崎の優しさが、今日は特に身に染みる。覚悟を決めて、全員で扉を開く。

部屋は案外広かった。体育館くらいだろうか。そしてその中心にいたのは――。

「コツコツ？」

なんと、子供みたいな骸骨の魔物だった。ダンジョンボスというよりは、普通の魔物みたいだ。部下とかもいないみたいだな。

〝ちいせぇｗ〟

〝これが、ボス⁉〟

〝子供みたいだなｗ〟

〝これを全員で倒すのはかわいそうｗｗ〟

〝とはいえこれも仕方ない〟

〝介錯してあげてくれ〟

もどきなだけあって、ボスもなんだかなあ。とはいえやるべきことはやる。

ふう、と深呼吸して、魔力を高める。

「あーくん、私が動きを止めるね」

そして、雨流が手をかざす――。

「待て！」

しかし俺はそこで気づく。ある、違和感に。

「阿鳥、なにして――」

「俺に任せてくれ」

〝どうした主、なんで一人で行くんだ〟

〝一人で倒すの？〟

〝出番を求めたのか⁉〟

俺が近づいても、骸骨は一歩も動かなかった。いや、動く気配も、何もない。なぜなら——。

「……やっぱり、テイムされてるぞ。この魔物」

「コツコツ？」

俺は、おもちと田所とグミをテイムした。

そのおかげでというわけじゃないが、魔物が契約しているのかどうかわかるのだ。

この魔物は——人を傷つけない。

「コツコツ？」

「田所、翻訳できるか？」

「任せてー！」

〝そういえば田所喋れるんだった〟

〝翻訳田所〟

〝hi田所、翻訳して〟

田所はソードモードから通常形態へ。そして——。

「ご主人様とはぐれちゃったんだって。凄く……寂しいって」

「そうか……」

やっぱりか、この骸骨からは俺と同じ気持ちを感じ取ったのだ。

それは、寂しいという感情だ。

いつからここにいたのかわからないが、一人はさみしいよな。

「ここはいつ崩壊してもおかしくない。俺と一緒に外に出るか？　ちゃんと、ご主人様を探してやるよ」

「コツ⁉　コツコツ！」

「ああ、信頼してくれ」

「コツー！」

そして骸骨の手を握った。全員で外に出る——。

『ダンジョンボスが外に出ました。ダンジョン内に存在するパーティーは強制帰還されます』

アナウンスが流れて、気づけば秋蛍の前に立っていた。

「コツコツ⁉」

「大丈夫だ、安心してくれ。——雨流、どうだ？　ダンジョンの魔力は感じるか？」

「大丈夫。もう何もないみたい」

「まったく阿鳥、無茶しないでよ」

「心配してなかったよ。俺にはみんながついてたからな。それより——」

〝怖かったー。お疲れ様〟

〝これはまたネットニュースになりそうだね〟

〝危機を救ったアトリ〟

〝どうしたの？〟

「コツコツ、こっち来てくれ」

「コツ？」

「——視聴者に頼みがある。ご主人様を探すのを手伝ってもらえないか？　俺たちだけじゃ時間がかかるし、これ以上、さびしい思いをさせたくないんだ」

俺は、視聴者に頭を下げた。彼ら、あるいは彼女からすれば面倒かもしれない。

でも、一人はめちゃくちゃつらいんだ。その気持ちは痛いほどよくわかる。

だからこそ、早く見つけてあげたい——。

〝わかった。任せてくれ！〟

〝すぐＳＮＳ載せてくる〟

〝友達に詳しい人いるから頼んでおくよ〟

〝頭下げないで。あたりまえだよ〟

〝いつも楽しませてもらってるから、もちろん〟

〝絶対すぐ見つかるよ〟

「……ありがとう」

やっぱり俺は、配信をやっていてよかった。

それから自宅に戻って、コツコツと七日間だけ暮らした。

なぜ七日間だけなのかというと――。

「本当にありがとうございました。以前、あの森の近くで遊んでいたんですが、いつの間にか消えてしまっていて」

「とんでもないです。見つかってよかったですよ。――さみしくなるな、コツコツ」

「コツ！」

視聴者のおかげで無事にご主人様が見つかったからだ。

ダンジョンボスになった理由は、おそらくコツコツが強かったからとのこと。

後に知ったが、コツコツはかなり強い魔物だった。人も魔物も外見ではわからないもんだな。

コツコツを見送っていると、少しうるっときた。

その時、肩をポンッと御崎に叩かれる。

「お疲れ様。もしかして泣いてる？」

「な、泣いてない」

「ほんとかな。――阿鳥ってほんといい人だよね。見知らぬ魔物の為にそこまでしてあげられる人なんて、そういないよ」

「……一人はつらいからな」

そしておもちが肩に乗ってきた。

「キュウ！」

「もう一人じゃないでしょって言ってるよ」

「そうだな」

「ぷいにゅっ」

「がう！」

俺は一人じゃない。おもちに田所、グミ、そして御崎もいる。

「ねー、あーくん晩ご飯まだー」

「いつ帰るんだ君は」

「わかんなーい」

あと、雨流も。ちなみにキャンプの動画は凄まじい反響だった。連日お客さんが殺到しているらしく、案件としての仕事もばっちり終えた。

また、ダンジョンもどきの崩壊を食い止めたことはニュースになっていた。

雨流の名前が一番デカかったが、俺と御崎、おもちたちも載っていて誇らしかった。

もっと幸せになりたい。もっと美味しいご飯を食べたい。もちろん、みんなと。

「さあ、今日はうどんパーティーだぞ！」

俺のスローライフはまだこれからだ。

あとがき

初めまして、菊池快晴です。

本作は、Ｗｅｂ小説に連載していたところ、ありがたいことにお声をかけて頂き、この度書籍化の運びとなりました。

私にとって非常に思い出深い作品なのですが、その理由は初めて多くの方にご支持を頂けたからです。

サイトでランキング入りをしたあと、沢山の方から感想を頂けたことは、今でも忘れられません。

その立役者となったのは、我らがヒーロー！　そう、おもちです。作品をお読みになってくださったのであれば、キュウキュウと声が聞こえたことでしょう。阿鳥は後ろで「俺は⁉」と言っていると思います。

不死身のフェニックスといえば有名ですが、意外と小説では見たことがありませんでした。また風貌はわかっていても、鳴き声はなんだろうと悩みました。犬はワンワン、猫はにゃあにゃあ、でも……鳥は？　ピーピー？　それともピピッ？　どうせなら誰も聞いたことがないほうが魔物らしいだろうと『キュウ』になりました。これが思っていたよりも可愛らしく、またおもちらしさもありました。続くファイアスライムこと田所は『ぷいぷい』。どちらかというと擬音をイメージしています。

名前に関しては御崎の独断で決めたので、筆者は携わっていません。

そして主人公（一応）の阿鳥。彼はとても明るい性格でお人よしです。自分のことより他人のことを考えて行動するのですが、それが魅力的でもあります。

もちろんそれに気づいているのは、相棒の御崎です。彼女はとても優秀で、最近ではめずらしく気が強い性格をしています。分類するならばツンデレでしょうか。

阿鳥のことを信頼しつつ、でも言うべきことは遠慮せずに伝える。阿鳥もそれをわかっているので、全幅の信頼を置いています。

そこにセナこと雨流、水龍のグミが加わり、さらに物語が賑やかになりました。

これからも彼らの物語は続きます。是非、第二巻も出したいなあ（チラチラ）。

改めまして、本作品にかかわってくださった方に御礼を申し上げます。

編集さま、校閲さま、本作にかかわって下さった大勢の方々、そしてキャラクターに命を吹き込んでくださったイラストレーターのπ猫Rさま。とても愛らしいデザインで、イラストを頂くたびに幸せでした。

ここまでお読みくださり、本当にありがとうございました。

菊池《きくち》快晴《かいせい》

会社を辞めて不死身のフェニックスと
のんびりスローライフ&ダンジョン配信生活！

2024年11月22日　初版第1刷発行

著　者　菊池快晴

発行人　菊地修一

発行所　スターツ出版株式会社

〒104-0031　東京都中央区京橋1-3-1　八重洲口大栄ビル7F
TEL　03-6202-0386（出版マーケティンググループ）
TEL　050-5538-5679（書店様向けご注文専用ダイヤル）
URL　https://starts-pub.jp/

印刷所　大日本印刷株式会社

ISBN　978-4-8137-9387-8　C0093　Printed in Japan

[菊池快晴先生へのファンレター宛先]
〒104-0031　東京都中央区京橋1-3-1　八重洲口大栄ビル7F
スターツ出版（株）　書籍編集部気付　菊池快晴先生